LE MASQUE
Collection de romans d'aventures
créée par
ALBERT PIGASSE

L'ENVELOPPE MAUVE

Née à Londres en 1930, Ruth Rendell est d'abord journaliste, puis publie son premier roman, *Un amour importun*, en 1964. Elle est aujourd'hui un des plus grands auteurs de romans policiers, à mi-chemin entre Agatha Christie et Patricia Higsmith.

Elle a obtenu un Edgar pour *Ces choses-là ne se font pas*, le Prix du meilleur roman policier anglais avec *Meurtre indexé* en 1975, le Prix de la Crime Writers Association pour *L'Enveloppe mauve* en 1976, le National Book Award en 1980 pour *Le Lac des Ténèbres*, et le Silver Dagger Award en 1985 pour *Un enfant pour un autre*. En France, elle a obtenu le Prix du Roman d'Aventures en 1982 pour *Le Maître de la lande*.

DU MÊME AUTEUR

DANS LE MASQUE :

QUI A TUÉ CHARLIE HATTON ?
FANTASMES
LE PASTEUR DÉTECTIVE
L'ANALPHABÈTE
L'ENVELOPPE MAUVE
CES CHOSES-LÀ NE SE FONT PAS
ÉTRANGE CRÉATURE
LE PETIT ÉTÉ DE LA SAINT-LUKE
REVIENS-MOI
LA BANQUE FERME À MIDI
UN AMOUR IMPORTUN
LE LAC DES TÉNÈBRES
L'INSPECTEUR WEXFORD
LE MAÎTRE DE LA LANDE
(Prix du Roman d'Aventures 1982)
LA FILLE QUI VENAIT DE LOIN
LA FIÈVRE DANS LE SANG
SON ÂME AU DIABLE
MORTS CROISÉES
UNE FILLE DANS UN CAVEAU
ET TOUT ÇA EN FAMILLE...
LES CORBEAUX ENTRE EUX
UNE AMIE QUI VOUS VEUT DU BIEN
LA POLICE CONDUIT LE DEUIL
LA MAISON DE LA MORT
LE JEUNE HOMME ET LA MORT
MEURTRE INDEXÉ

DANS LE CLUB DES MASQUES :

QUI A TUÉ CHARLIE HATTON ?
L'ANALPHABÈTE
LA DANSE DE SALOMÉ
MEURTRE INDEXÉ
LA POLICE CONDUIT LE DEUIL
LA MAISON DE LA MORT
LE PETIT ÉTÉ DE LA SAINT-LUKE
L'ENVELOPPE MAUVE

Ruth Rendell

L'ENVELOPPE MAUVE

Traduit de l'anglais par Marie-Louise Navarro

Librairie des Champs-Élysées

Ce roman a paru sous le titre original :

A DEMON IN MY VIEW

Le sous-sol était divisé en plusieurs caves. Toutes, sauf la dernière étaient encombrées d'objets de rebut que l'on trouve habituellement dans les vieilles maisons : bicyclettes cassées, valises éventrées, cageots de bois, chaises boiteuses, fauteuils dépenaillés, porcelaines ébréchées, sans parler des piles de journaux jaunis, attachés par des ficelles. Ce fatras était recouvert d'une épaisse couche de poussière et une odeur de suie et de moisi flottait partout.

A l'extrémité d'un étroit couloir, lui-même obstrué par quelques bouteilles vides et divers objets hétéroclites, se trouvait une dernière cave dont la porte avait été arrachée et qui possédait une seconde ouverture donnant dans une pièce vide. Dans ce réduit, pour l'instant plongé dans la pénombre, une silhouette de femme se dessinait contre le mur.

Il descendit les marches, sa torche électrique à la main. Il ne l'alluma qu'après avoir refermé et verrouillé la porte derrière lui. Alors, aidé du faisceau lumineux, il se fraya un passage au milieu du couloir. On n'entendait pas d'autre bruit que le glissement de ses souliers sur le sol crasseux. Cependant, en pénétrant dans la dernière cave, il se persuada qu'il entendait une respiration étouffée et un petit cri de frayeur. Il sourit, bien que sa main tremblât un peu.

A la seconde porte, il leva la lampe et fit courir le rayon lumineux de gauche à droite. Il découvrit ainsi des murs lépreux, un plafond affaissé d'où pendaient des toiles d'araignées et, dans un coin, un rouleau de fil électrique depuis longtemps inutilisé. A côté, issue d'une fissure dans le mur de brique, une mare d'eau croupie s'était formée. Enfin, sur le mur de gauche, se découpait la silhouette d'une femme.

Son beau visage blanc, qu'aucune ride ne marquait, lui faisait face. Comme la lampe tremblait dans sa main, il imagina qu'elle avait esquissé un mouvement craintif et que son corps mince, vêtu d'une courte robe noire, se pressait davantage contre le mur. Un sac à main pendait à son bras et ses pieds étaient chaussés de souliers noirs usagés.

Il ne parla pas. Il n'avait jamais su parler aux femmes. Il n'y avait qu'une chose qu'il savait leur faire et il s'avança en souriant.

D'abord, il posa sa torche sur le rebord de brique, à hauteur de genoux, afin que la femme fût dans l'ombre et que la pièce ressemblât à une ruelle éclairée faiblement par un réverbère. Il s'approcha un peu plus. Il la sentait paralysée par la peur et elle n'offrit aucune résistance – il aurait préféré qu'elle se défendît. Posément, il entoura sa gorge de ses deux mains.

Elle ne se défendait toujours pas, mais ce qui se passa ensuite était presque aussi satisfaisant. Ses mains serrèrent jusqu'à ce que ses doigts se rejoignissent, l'index pressé contre le pouce. Le beau visage se crispa dans une expression d'agonie et se déforma.

Il poussa un grognement quand le corps s'affaissa sur le côté. Il la relâcha, chancelant sous le tremblement qui l'agitait et il la laissa tomber sur le sol visqueux.

Il lui fallut quelques minutes pour se ressaisir. Il essuya ses mains et la commissure de ses lèvres avec un mouchoir propre. Puis il ferma les yeux, les ouvrit et soupira. Il ramassa ensuite le mannequin en plastique et le remit à sa place contre le mur. Le visage restait déformé. Il l'épousseta avec son mouchoir et enfonça ses doigts dans un pli du cou – un pli qui devenait plus profond chaque fois qu'il venait l'étrangler. Il pressa ainsi par en dessous le nez aplati et le menton rentré. Aussitôt, le joli visage se reconstitua. Il ajusta la robe, mit le sac en place autour du bras. Elle était à nouveau prête à mourir. Une semaine ou deux pourraient se passer sans qu'il vînt la retrouver. C'était une des bonnes choses de sa vie de savoir qu'elle était là, à l'attendre jusqu'à la prochaine fois.

I

Dans ce quartier, les maisons étaient de véritables cages à lapins. Presque chacune, construite pour loger une famille, avait été divisée en quatre ou cinq logements. Les visiteurs étaient rebutés par le nombre de sonnettes – sept pour une maison de huit pièces – autant que par les poubelles qui avaient remplacé les bosquets de roses sur le devant. La lente dégradation apparaissait à la peinture écaillée des fenêtres, à la rouille des balcons de fer forgé, aux volets qui battaient, le loquet arraché.

Sur le côté impair de Trinity Road, les maisons étaient hautes, avec un sous-sol surélevé, de sorte que les marches paraissaient monter à l'assaut de la porte d'entrée. En face, les maisons à trois étages, à toit terrasse, semblaient encore plus modestes.

Devant le N° 142 était garée une superbe Jaguar verte. Une petite poupée blonde en bikini était suspendue au pare-brise et dansait à la moindre vibration de la circulation. Cette voiture était incongrue dans Trinity Road où de tels véhicules passaient généralement sans s'arrêter. Tout contre le mur bas, qui délimitait le petit jardin du N° 142, poussaient deux tilleuls élagués. A l'extrémité de leurs branches s'étaient formées des excroissances de feuilles durcies qui les faisaient ressembler à une végétation fossile. Aux pieds de ces arbres on voyait encore les vestiges d'un gazon.

Au rez-de-chaussée, il y avait une baie vitrée avec des rideaux orange. Au-dessus, deux fenêtres étaient garnies de rideaux à fleurs, dans des tons verts, en tissu plus léger. Enfin, au dernier étage, les doubles rideaux en velours marron laissaient apparaître un voilage léger comme un déshabillé féminin.

Quelques marches de granit rose, graisseuses plutôt que cirées, conduisaient à la porte d'entrée qui n'avait plus de couleur, tant était lointaine l'époque où elle avait été repeinte, mais ses panneaux avaient toujours les mêmes vitraux vert glauque et d'un marron lie de vin que l'on voit dans les fenêtres des chapelles du siècle dernier.

A droite de la porte se trouvaient cinq sonnettes dont toutes, sauf la dernière, portaient un nom. Un psychologue aurait beaucoup appris d'après la variété de ces inscriptions. Celle du haut portait un nom dactylographié sur un petit bristol, sous un plastique conçu à cet usage : *2e étage : Mr A. Johnson.* Au-dessous, sur un morceau de carton collé avec un ruban adhésif, on avait griffonné à l'encre rouge *Jonathan Dean,* alors que sous la troisième sonnette, deux cartes semblaient se disputer la prééminence. La première était en plastique brun avec des lettres en relief : *1er étage, B. Kotowsky,* tandis que sa rivale, juxtaposée avec un peu de colle, annonçait : *Mrs V. Kotowsky.* Enfin, la dernière était un oval frivole de carton orange sur lequel quelques caractères chinois avaient été tracés au pinceau, avec cette précision : *Appart. No 1 Miss Li-li Chan.*

L'espace réservé à la dernière sonnette était vide, comme l'était la chambre No 2 à laquelle il correspondait.

Entre la porte de la chambre vacante et le vide formé par le dessous de l'escalier, un espace réduit et sans fenêtre servait de bureau à Stanley Caspian, propriétaire de la maison. Il y avait une petite table, deux chaises et quelques étagères contre le mur. Sur la plus haute se trouvaient une bouilloire électrique et deux tasses. Le hall d'entrée était meublé d'une table en acajou placée contre la rampe, en face la porte de la salle de bains du rez-de-chaussée.

Selon son habitude, Stanley Caspian était assis devant sa table, prêt pour sa conférence du samedi matin avec Arthur Johnson. Celui-ci venait de prendre place sur l'autre chaise. Entre eux, étaient posés les carnets de location et les enveloppes des locataires. Chaque carnet avait son enveloppe avec le nom du locataire inscrit dessus. C'était là une innovation d'Arthur, qui avait calligraphié lui-même ces inscriptions. Stanley écrivit laborieusement le montant du loyer sur chaque carnet en serrant la plume entre ses doigts et en mettant un point entre chaque lettre et chaque chiffre.

– Je suis satisfait du départ de Dean, déclara-t-il quand il eut porté les derniers cinquante pence et posé le dernier point. Il s'en ira au milieu du mois prochain.

– Et avec lui son gramophone ! Ses bouteilles de gin vides n'encombreront plus la poubelle, nous en serons tous soulagés, dit Arthur.

– Pas Kotowsky. Il n'aura plus personne avec qui se soûler. Cependant, Dieu merci, il se conduit convenablement. Je n'ai jamais pu me débarrasser de lui en raison de ce nouveau décret sur les locations meublées. Branchez la bouilloire, mon vieil Arthur, je prendrai bien un petit casse-croûte de onze heures.

Après celui de dix heures et avant celui de midi, pensa Arthur. Il brancha la bouilloire et disposa les tasses. Lui-même ne songeait pas à manger à cette heure, mais Stanley, qui était énorme et dont le ventre proéminent faisait bâiller le devant de la chemise, ouvrit un des paquets qu'il avait apportés et se mit à dévorer des sandwiches au fromage. Des miettes tombaient sur son ventre, car Stanley mangeait comme un gros bébé goulu. Impénétrable, Arthur regardait Stanley. Pour lui, comme à l'égard de la plupart des gens, il n'éprouvait aucun sentiment de sympathie ou d'antipathie. Dans la vie, il souhaitait seulement avoir l'estime de ses concitoyens et fréquenter des personnes convenables. Désignant la porte derrière lui, il déclara :

– Un petit oiseau m'a dit que vous aviez loué cette chambre.

– Oui, dit Stanley la bouche pleine, un petit oiseau chinois sans doute.

– Je dois avouer que j'ai été un peu surpris que vous en ayez parlé à Miss Chan avant de me le dire. Vous me connaissez, j'ai toujours apprécié la franchise et cela m'a blessé. Après tout, je suis votre plus vieux locataire. J'habite ici depuis vingt ans et je ne crois pas vous avoir jamais causé le moindre déplaisir.

– C'est juste. Je souhaiterais que tous les autres locataires vous ressemblent.

Arthur remplie les tasses de café instantané, versa l'eau bouillante et une larme de lait froid.

– Sans doute avez-vous vos raisons, reprit-il en levant ses yeux si pâles qu'ils étaient presque complètement délavés. Je ne devrais pas me montrer aussi sensible.

– Le fait est que je me demandais comment vous alliez prendre la chose, dit Stanley en versant deux larges cuillerées de sucre en poudre dans sa tasse, voyez-vous, le nouveau locataire, celui qui a loué la chambre N° 2, porte le même nom que vous. C'est une coïncidence amusante, mais je ne savais pas comment vous alliez réagir.

– Voulez-vous dire qu'il s'appelle aussi Arthur Johnson.

– Oh! tout de même pas! Son nom est Anthony Johnson.

Il faudra faire attention avec le courrier. Vous n'aimeriez pas qu'il lise vos lettres d'amour n'est-ce pas?

Les yeux d'Arthur pâlirent un peu plus et les muscles de son visage se tendirent. Lorsqu'il parla, ce fut sur un ton d'exquise politesse.

– Je n'ai rien à cacher. Ma vie est un livre ouvert.

– La sienne ne l'est peut-être pas. Si je n'étais pas dans une position de responsabilité, je crois que je pourrais m'amuser parfois en observant ce qui se passe ici, n'est-ce pas, mon vieil Arthur?

Stanley termina son dernier sandwich et ouvrit un paquet de beignets.

– *Le comportement sexuel de l'homme,* tel est le genre de livre ouvert que sera sa vie. C'est un assez joli garçon, du véritable papier à mouches pour les filles, si vous voulez mon avis.

Arthur ne supportait pas ce genre de conversation.

– J'espère seulement qu'il a de bonnes références bancaires et un travail régulier.

– Exact. Il a réglé deux mois de loyer d'avance, ce qui a plus de prix à mes yeux que toutes les références du monde. Il emménage lundi.

Stanley se remit lourdement sur ses pieds. Des miettes tombèrent en cascade sur la table, les enveloppes et les carnets de compte.

– Allons donner un coup d'œil à cette chambre, Arthur. Mrs Caspian prétend qu'il y a là une coupe à fruits qu'elle convoite et que le jeune Anthony pourrait casser.

Arthur hocha la tête. S'il était un point sur lequel il s'entendait avec son propriétaire, c'était bien le vandalisme des autres locataires. De plus, il aimait entrer dans les pièces qui lui étaient habituellement fermées et il portait à celle-ci un intérêt particulier.

La chambre était petite et garnie de meubles de rebut. Arthur considérait cela convenablement pour une location meublée. Il remarqua seulement que la pièce était loin d'être propre. Il se dirigea vers la fenêtre pendant que Stanley prenait possession de sa coupe de fruits et s'arrêtait pour admirer le seul objet de la chambre qui eut moins de vingt ans.

– C'est un très joli lavabo, déclara-t-il en passant la main sur la porcelaine à fleurs. Il m'a coûté près de quinze livres. C'est votre patron qui l'a installé, si je ne m'abuse.

– Il avait un défaut. Une fêlure dans le porte-savon, répondit distraitement Arthur.

Il regardait par la fenêtre qui donnait sur une petite cour entourée d'un mur de brique. Au-dessus de l'angle d'un mur, on apercevait les plus hautes branches d'un arbre. La cour était cimentée.

– Que regardez-vous? demanda Stanley d'un ton assez peu aimable, car il avait été vexé par la remarque d'Arthur sur le lavabo.

– Rien. Je pensais seulement qu'il n'aurait pas beaucoup de vue.

– Que pouvez-vous espérer pour sept livres par semaine? Vous devriez vous rappeler que *vous* payez le même prix pour tout un appartement, parce qu'un gouvernement inique ne me permet pas d'augmenter le loyer des appartements non meublés. Vous avez de la veine de l'avoir loué à une époque où je manquais d'expérience. Les temps ont changé. Pour sept livres par semaine aujourd'hui, vous avez vue sur une porte de cave, mais si ça ne lui plaît pas...

– Cela ne me concerne pas. Et j'imagine que mon homonyme sera peu chez lui, n'est-ce pas?

– Je le pense, s'il a le moindre bon sens, répondit Stanley car au même moment leur parvinrent du plafond les accords triomphants du troisième mouvement de la huitième symphonie de Beethoven.

– Tschaïkowsky, ajouta-t-il d'un air entendu. Dean l'aime décidément beaucoup. Personnellement, je préfère quelque chose de plus moderne.

– Je n'ai pas l'oreille musicale, répondit Arthur en revenant dans le hall. Je vais faire mes courses. Puis-je avoir ma petite enveloppe?

Son panier à provisions d'une main et un sac en plastique orange contenant son lige sale de l'autre, Arthur descendit Trinity Road en direction de la laverie de Brasenose Avenue. Il aurait pu s'y rendre par Magdalen Hill, mais il passait par là chaque jour de la semaine pour aller à son travail et il aimait varier son itinéraire. Après tout, et non sans raison, il ne sortait guère et jamais après la tombée de la nuit.

Ainsi, au lieu de couper par Oriel Mews, longea-t-il l'Église de Tous-les-Saints où, étant enfant, il allait passer deux heures tous les dimanches. A quatre heures, tante Gracie l'attendait sous son parapluie, car dans son souvenir, il pleuvait toujours le dimanche. Il suivit le même chemin qu'il empruntait alors avec tante Gracie. Prenant plaisir à faire arrêter l'autobus K 12 pour lui seul, Arthur traversa au passage clouté de Balliol Street et se retrouva dans St John Road où les maisons dataient toutes du début du siècle.

L'employé de la laverie dit bonjour. Arthur répondit d'un froid salut de la tête. Il se servait de sa propre lessive, ne faisant pas confiance au petit paquet bleu que la maison vous vendait pour cinq pences. Il ne faisait pas davantage confiance à l'employé pour sécher le linge ou aux autres clients qui pourraient le voler. Il s'installa patiemment sur l'un des bancs, sans parler à personne et attendit que les trente-cinq minutes du cycle fussent écoulées.

Il éprouva une satisfaction considérable en constatant la nette supériorité de son linge sur celui sortant des autres machines. Pendant qu'il séchait, il se rendit chez le boucher et le marchand de légumes, dont les boutiques voisinaient avec la laverie. Arthur ne faisait jamais ses achats dans les supermarchés, tenus par des Indiens, qui abondaient dans ce quartier. Il choisit avec soin des côtelettes d'agneau et un rôti. Trois tranches de rôti pour dimanche, le reste serait haché et constituerait son repas du lundi. Une livre de haricots verts et donnez-moi des fins, s'il vous plaît. Il n'aimait pas avoir la bouche pleine de fils.

Pour revenir, il prit un itinéraire différent. Le linge était si bien plié qu'il n'aurait pas besoin d'être repassé, mais Arthur le repasserait quand même. Il remonta Merton Street et leva la tête pour regarder les H.L.M. Ces tours ressemblaient à des piliers supportant le ciel bas et sombre. Arthur avait souvent remarqué avec satisfaction que les pelouses séparant les immeubles étaient interdites aux enfants. Ceux-ci jouaient dans la rue ou s'asseyaient tristement sur les sculptures. Arthur n'appréciait pas ces sculptures qui, à son avis, ressemblaient à de monstrueux animaux préhistoriques, bien qu'elles fussent intitulées « Le Printemps » et « La Conscience Sociale », mais il pensait que les enfants ne devaient pas plus s'asseoir sur ces statues que jouer dans la rue. Tante Gracie ne lui avait jamais permis de jouer dans la rue.

La Jaguar de Stanley Caspian était partie ainsi que la vieille Ford des Kotowsky. Des prospectus, annonçant une distribution gratuite de pâte dentifrice ou de savon à tout acheteur d'un paquet de lessive, avaient été glissés dans la boîte aux lettres. Il prit ceux qui lui paraissaient intéressants et s'engagea dans l'escalier.

Après les dix premières marches, il y avait un palier où se trouvait un téléphone mural payant. Quatre autres marches conduisaient au premier étage. La porte de l'appartement des Kotowsky se trouvait à gauche, celle de la chambre de Jonathan Dean à droite, et la porte de la salle de bains qu'ils partageaient, entre les deux. La porte de Dean était ouverte. La cinquième symphonie de Shostakovitch était jouée à pleine puissance, probablement pour être audible de la salle de bains d'où Jonathan Dean, un grand rouquin au visage rouge, émergea. Il ne portait qu'une serviette de toilette mauve autour des reins.

– Le corps vaut plus que les vêtements, lança-t-il en voyant Arthur.

Celui-ci rougit. Il était persuadé que Dean était fou. Cette conviction reposait, en partie, sur le fait que tout ce que Dean proférait semblait être des citations.

– Voudriez-vous être assez bon pour réduire un peu le volume du son, Mr Dean?

Dean marmotta quelque chose sur le pouvoir de la musique pour calmer les bêtes sauvages mais, ayant claqué sa porte avec violence et sans animosité, il baissa le son de l'enregistrement de Shostakovitch si bien que seul un murmure slave suivit Arthur qui montait au deuxième étage.

Là, il était dans son domaine exclusif. Il occupait tout l'étage. Avec un soupir de soulagement, il posa son sac de blanchissage et son panier à provisions sur son paillasson et ouvrit sa porte.

II

Arthur prépara son repas : salade de pommes de terre, deux côtelettes d'agneau, haricots verts. Jamais de produits surgelés ou de conserves. Tante Gracie l'avait habitué à apprécier une nourriture fraîche et bien préparée. Il termina son repas par un morceau de tarte aux prunes qu'il avait fait cuire jeudi soir, puis, sans plus attendre, il fit la vaisselle. L'une des grandes maximes de tante Gracie avait été que seules les mauvaises maîtresses de maison laissaient de la vaisselle sale dans leur évier.

Arthur entra dans sa chambre. Le lit était défait. Il mit des draps propres roses avec taies d'oreillers assorties. Arthur ne pouvait dormir dans un lit mal fait. Un jour, en allant encaisser le loyer des Kotowsky, il avait aperçu leur lit et il en avait été si écœuré qu'il n'avait pû dîner.

Avec minutie, il essuya les meubles de la chambre et frotta les bouchons des flacons de parfum en cristal taillé de tante Gracie. Tout son mobilier était victorien, de belle qualité, bien qu'un peu lourd. Il regarda d'un œil critique les rideaux en tulle à volants tuyautés dont toutes les fenêtres de l'appartement étaient garnies. Ils étaient trop fragiles pour être confiés à la machine à laver aussi les lavait-il lui-même à la main, une fois par mois. Il restait encore une semaine, mais l'air dans ce quartier était si polué et rien n'attirait plus la poussière que le tulle blanc... il se mit à les décrocher. Pour la deuxième fois ce jour-là, il se trouvait en face de la porte de la cave. Les Kotowsky n'avaient pas de fenêtres donnant de ce côté. On ne pouvait la voir que de cette fenêtre chez lui et de celle de la chambre N° 2. Arthur savait cela depuis longtemps, presque depuis qu'il habitait là. Très peu de choses avaient changé dans sa vie au cours de ces vingt années. La porte de la cave n'avait jamais été repeinte. Personne ne l'avait jamais vu traverser la cour. Personne ne l'avait jamais vu entrer dans la cave. Il continua à regarder en bas, réfléchissant, se souvenant.

Il était allé à l'école avec Stanley Caspian. Même en ce temps-là Stanley était gras et vulgaire – une vraie brute.

– Le bébé de Tati, le bébé de Tati ! Où est ton papa, Arthur Johnson? Et, avec une imagination malicieuse que personne n'aurait soupçonnée d'après le travail scolaire habituel de Stanley, il ajouta :

Maigrichon, maigrichon froussard.
Johnson est un bâtard!

Des années passèrent. Lorsqu'ils se rencontrèrent par hasard dans Trinity Road, chacun était alors âgé de trente-deux ans. Stanley se montra affable et plein de considération.

– J'ai été navré d'apprendre la mort de votre tante, Arthur, elle était pour vous plus qu'une mère.

– Oui.

– Vous allez avoir besoin d'un appartement maintenant, pourquoi ne prendriez-vous pas le dernier étage du 142?

– Je pourrais toujours y jeter un coup d'œil.

Arthur savait que la vieille Mrs Caspian avait laissé à son fils de nombreuses propriétés dans West Kenbourne.

A cette époque, la maison était dans un état épouvantable, mais Arthur vit tout de suite le parti que l'on pouvait tirer du dernier étage et, pour deux livres par semaine, il accepta l'offre de Stanley. Deux jours plus tard, alors qu'il commençait à remettre l'appartement en état, il descendit à la cave pour voir si, par hasard, il n'y aurait pas une échelle.

Elle était couchée sur le sol dans la dernière cave sur un tas de rideaux bleus que l'on mettait aux fenêtres pour le black-out pendant la guerre. Elle était nue et son corps en plastique blanc était froid et satiné. Il ne sut jamais qui l'avait amenée là. D'abord il se sentit embarrassé, comme il l'était toujours quand il surprenait une de ses sœurs qui attendait d'être vêtue dans une vitrine. Mais, parce qu'il se trouvait seul avec elle et que personne ne pouvait le voir, il s'approcha. Ainsi, voilà à quoi elles ressemblaient? Avec une crainte mêlée de dégoût, il regarda les deux hémisphères de sa poitrine et le renflement triangulaire entre ses cuisses fermes. Pris d'une subite impulsion, il voulut l'habiller. Il avait fait tant de choses secrètes dans sa vie – presque toutes les actions qu'il avait désirées commettre avaient été clandestines – qu'aucune inhibition n'intervint pour l'empêcher d'aller chercher chez lui une robe noire, un sac et des chaussures. Tout cela avait appartenu à tante Gracie et il l'avait rapporté de Magdalen Hill. On lui avait conseillé de donner ces effets à une œuvre de charité, mais jamais il n'aurait pu supporter de voir une de ces souillons de West Kenbourne faire la belle dans les vêtements de tante Gracie.

Sa dame blanche avait des membres minces et elle était aussi grande que lui. La robe de tante Gracie lui arrivait au-dessus des genoux. Elle avait des cheveux blonds en nylon, qui frisaient à hauteur des pommettes. Il lui mit les chaussures aux pieds et passa le sac sur son bras. Afin de voir plus clair, il avait mis une lampe de cent watts dans la douille qui pendait du plafond. Une autre de ses impulsions le conduisit à l'enlever. A la lueur de la torche, elle avait l'air réelle, vivante. Avec ses murs de briques, la cave ressemblait à une ruelle. Certes, c'était un sacrilège de l'habiller avec les vêtements de tante Gracie, cependant ce sacrilège possédait en lui-même une indéfinissable justice et était un stimulant.

Avant de se rendre compte de ce qu'il faisait, il l'avait étranglée en posant ses mains nues sur son cou lisse. Le soulagement avait été presque aussi intense que dans la réalité. Il l'avait redressée contre le mur, avait essuyé son beau visage. Une ivresse s'était emparée de lui : il n'avait plus à se cacher, à redouter un autre meurtre. La loi n'interdit pas de tuer ce qui n'est pas fait de chair et de sang.

A cette époque, la chambre N° 2 n'était pas occupée. Quand il y avait eu un locataire, celui-ci, comme son successeur, avait travaillé de nuit, prenant son service cinq jours par semaine à six heures du soir.

Tout de suite, Arthur avait compris que sa dame blanche allait le sauver. Elle serait sa thérapie. Car s'il se souciait peu du sort de la femme qui attendait dans la rue, cherchant des ennuis, il tenait à sa sécurité. Pour se l'assurer, il tuerait mille femmes en la personne de sa dame blanche. Elle serait sa valve de sécurité. Aucune menace ne planerait plus sur lui pourvu qu'il se gardât de sortir la nuit venue et de boire un verre d'alcool.

Au bout de quelque temps, il fut assez fier de sa solution. Il avait réduit à néant les théories des experts, dont il avait étudié les ouvrages dans ses jours de détresse. Selon eux, les hommes ayant son problème ne contrôlaient pas leurs propres impulsions. Il avait toujours su qu'ils se trompaient.

Et maintenant? Le problème était Anthony Johnson. Arthur, qui s'était arrangé pour tout connaître des habitudes et du genre de vie de ses voisins, espérait qu'il saurait bientôt à quoi s'en tenir sur le nouveau locataire. Le jeune homme sortirait bien une ou deux fois par semaine. Il le fallait. Arthur ne voulait même pas envisager une autre hypothèse.

Il ne lui restait qu'à attendre. Il examina la possibilité de transporter la dame blanche dans son appartement, mais il repoussa cette idée. Il lui déplaisait de considérer ses rencontres avec elle comme un jeu. Son arrivée furtive dans la cave, l'obscurité, tout lui permettait de croire en sa réalité. Elle devait rester là. Il fallait attendre et voir venir. Il se détourna de la fenêtre et ce faisant, l'écarta de ses pensées comme un homme oublie une maîtresse complaisante sitôt qu'il la quitte.

Ayant plongé les rideaux dans de l'eau savonneuse, il les laissa tremper et alla dans le living-room. Le divan et les fauteuils avaient été recouverts six mois après la mort de tante Gracie, mais Arthur en avait pris si grand soin que le tissu paraissait encore neuf. Il balaya soigneusement la moquette bleue, frotta la table et la commode en acajou ainsi que les pieds et les bras des fauteuils de la salle à manger. Après avoir redressé les coussins bleu et marron, il passa un chiffon humide sur les deux abat-jour en parchemin des lampes. Il brancha alors l'aspirateur. Tout son appartement était recouvert d'une moquette. Sa pose avait provoqué un trou dans ses économies, mais il ne le regrettait pas. Il passa l'aspirateur lentement sur tous les centimètres carrés de la moquette afin que son ronronnement ne fût pas perdu pour Jonathan Dean. Finalement, il rinça les rideaux et les suspendit sur le séchoir de la salle de bains. Point n'était besoin de nettoyer la salle de bains et la cuisine. Arthur s'acquittait de cette tâche automatiquement, la première pièce, dès qu'il avait pris son bain, la seconde après avoir terminé son petit déjeuner.

Il s'accorda enfin un repos bien gagné et s'installa dans un fauteuil devant la fenêtre. Une odeur de cire, de savon et d'huile de coude flottait dans l'air.

Arthur se souvenait comment, alors qu'il avait onze ans et avait négligé de nettoyer sa chambre avec autant de soin que tante Gracie le désirait, elle l'avait envoyé chez Winter avec trois pence.

– Tu lui demanderas un litre d'huile de coude.

Le marchand avait éclaté d'un rire homérique et quand il s'était calmé, il lui avait déclaré qu'il ne vendait pas d'huile de coude et qu'il pouvait rapporter les trois pence à la maison.

– J'espère que cela te servira de leçon, avait dit tante Gracie. Frottant son bras, elle avait ajouté : c'est de là que provient l'huile de coude, elle ne s'achète pas, c'est à toi de la fabriquer.

Arthur ne lui en avait pas voulu. Il savait qu'elle agissait pour son bien. Il se serait conduit exactement de la même façon. Les enfants devaient apprendre à la dure. Cette éducation lui avait été bénéfique. Tante Gracie serait-elle contente de lui si elle pouvait le voir maintenant? Elle approuverait sans doute la tenue de sa maison et de son compte bancaire, ainsi que la façon dont il avait organisé sa vie, sans jamais manquer un jour chez Grainger en vingt ans. Cependant, elle n'avait jamais été tout à fait satisfaite de lui. Il n'avait jamais atteint ces perfections qui, lui avait-elle assuré, étaient le propre de quelqu'un qui voulait s'élever et laver la souillure faite à sa naissance par son hérédité.

Arthur soupira. Il aurait dû laver les porcelaines de Chelsea. Il ne suffisait pas d'y passer le chiffon de poussière. « Ce n'est ni fait, ni à faire », aurait dit Tante Gracie.

Un peu fatigué, mais décidé à poursuivre le bon combat, il déposa le berger et la bergère, le chien et le petit panier de fleurs sur un plateau qu'il emporta à la cuisine.

III

Arthur avait un bon sommeil. Il s'endormait cinq minutes après avoir posé la tête sur l'oreiller et se réveillait rarement avant que son réveil ne sonnât à sept heures trente. Ce pouvoir de dormir à volonté était encore une caractéristique pour confondre les psychiatres dont il avait lu les opinions et qui, il s'en doutait, le catalogueraient parmi les malades. Ce qui était absurde. Les névrosés dormaient mal ainsi que les hystériques. Arthur savait qu'il était un homme parfaitement équilibré à qui il arrivait d'avoir – comme à tout homme normal – une petite particularité qu'il était capable de parfaitement contrôler.

Dans l'immeuble, il était toujours le dernier à partir au travail et le premier à rentrer chez lui parce que tous les autres travaillaient beaucoup plus loin que lui. Jonathan Dean était le premier à s'en aller à huit heures cinq pendant qu'Arthur était dans son bain.

Ce lundi matin, il claqua la porte de sa chambre si bruyamment que l'eau de la baignoire en frémit. Arthur s'essuya et, par pure décence, enfila son peignoir de bain, avant de laver la baignoire, le lavabo et le carrelage. Dès qu'il fut habillé, il entrouvrit sa porte en la fixant avec la chaîne de sécurité. Les Kotowsky firent irruption de leur appartement pendant qu'il préparait ses cornflakes. Comme d'habitude, ils se querellaient.

– Très bien, j'ai compris, déclara Brian Kotowsky, tu me l'as déjà répété trois fois, tu ne rentreras pas ce soir.

– Je veux seulement t'empêcher de téléphoner à tous mes amis pour leur demander où je suis.

– Tu pourrais résoudre le problème en me disant où tu seras, Vesta.

Ils descendirent l'escalier en continuant à discuter, mais Arthur ne put saisir la réponse de Vesta Kotowsky.

La porte d'entrée se referma assez doucement, ce qui signifiait que c'était Vesta qui l'avait tirée. Arthur alla regarder par la fenêtre de son living-room et les vit monter dans leur voiture qui restait garée au bord du trottoir à longueur d'année. Il se félicitait d'avoir pris la décision de ne pas se marier.

En retournant dans la cuisine, il entendit Li-li Chan grimper lestement les marches jusqu'au premier palier pour téléphoner. Li-li s'exprimait assez bien, mais sa façon de parler faisait penser à un oiseau. Elle riait toujours sans raison apparente. Précisément, elle riait au téléphone :

– Vous venir me chercher bientôt? Neuf heures moins le quart? Oh vous gentil, gentil garçon! Si je vous aime? Je ne sais pas. Oui, oui, je vous aime. J'aime beaucoup, beaucoup de gens. Au revoir.

Le rire argentin de Li-li fusa tout le long de l'escalier tandis qu'elle descendait. Arthur ricana, mais pas assez fort pour qu'elle l'entendît. Les transports londonniens ne s'enrichiraient pas grâce à elle! Li-li s'arrangeait toujours pour n'avoir pas un penny à dépenser en métro ou en autobus.

Arthur l'entendit sortir à moins le quart. Elle refermait sa porte très doucement, comme si elle avait quelque chose à cacher. Un jeune anglais très chic vint la chercher dans une voiture de sport rouge.

Seul maintenant dans la maison, il termina son petit

déjeuner, lava la vaisselle. Pendant qu'il brossait son veston et sélectionnait une cravate, il entendit le lourd paquet de lettres tomber dans la boîte aux lettres. Arthur se chargeait toujours de la répartition du courrier.

Mais d'abord, il devait s'occuper de ses ordures. Il sortit le sac en plastique de sa boîte à ordure, noua le haut avec une ficelle et descendit le sac après s'être assuré, d'un rapide coup d'œil à son miroir, que sa cravate était convenablement nouée et qu'un mouchoir propre ornait sa poche poitrine. Qu'il y eut ou non quelqu'un dans la maison, Arthur ne serait jamais descendu sans être correctement vêtu, pas plus qu'il ne serait sorti de chez lui sans fermer les portes derrière lui.

Une fois de plus, la poubelle de l'immeuble était remplie de feuilles de soja flétries. Encore cette gaspilleuse de Li-li! Il faudrait qu'il fasse nettement comprendre à Stanley Caspian qu'une seule poubelle était insuffisante pour cinq – et maintenant six – locataires.

Après avoir ouvert la porte, il rentra dans la maison et ramassa le courrier. Il y avait la lettre hebdomadaire, portant l'oblitération de Taïwan du père de Li-li qui n'avait pas adopté les habitudes occidentales et indiquait que le nom de l'expéditeur était Chan Ah Feng. Pauvre père crédule, s'il pouvait se douter! Une facture pour Jonathan Dean, un huissier n'allait pas tarder à se présenter, voilà qui ferait bon effet pour la réputation de la maison! Deux lettres pour les Kotowsky, une pour elle, l'autre pour eux deux. Il en était toujours ainsi. Il disposa les lettres sur la table, bien alignées, les unes à côté des autres, pour chaque locataire. Neuf heures dix. En poussant un petit soupir, car il était bien agréable d'avoir la maison pour lui tout seul, Arthur monta chercher sa serviette. Il n'avait aucun réel besoin d'une serviette, ne rapportant jamais de travail chez lui, mais tante Gracie lui avait offert la première pour ses vingt et un ans. Depuis, il l'avait remplacée trois fois. De plus, cela faisait bien. Tante Gracie prétendait toujours qu'un homme allant à son travail sans serviette était aussi mal habillé qu'une femme sans gants.

Il ferma sa porte et s'assura de la main qu'elle était bien fermée. Il descendit et sortit dans Trinity Road. Il faisait une belle journée automnale un peu fraîche, mais qu'attendre fin septembre? Grainger, grossiste en matériaux de construction, n'ouvrait pas avant neuf heures et demie, aussi Arthur était-il en avance. Il traîna un peu devant la maison où il avait vécu avec tante Gracie, à l'angle de Balliol Street et de Magdalen Hill. C'était une haute maison vouée à la démolition. La porte d'entrée et les fenêtres du rez-de-chaussée étaient murées. Arthur se demanda ce que tante Gracie aurait dit si elle avait pu voir cela. Personnellement, il n'y voyait pas d'inconvénient. Il s'arrêta devant la grille et leva la tête pour regarder le rectangle de carton qui avait été la fenêtre de sa chambre.

Tante Gracie avait été très bonne pour lui. Jamais il n'aurait pu lui rendre ce qu'elle avait fait pour lui, même en travaillant sa vie entière. Il ne pouvait rien ignorer de ses bienfaits, car elle ne manquait pas de les lui rappeler.

– Après tout ce que j'ai fait pour toi, Arthur!

Elle l'avait acheté à la mère d'Arthur, sa propre sœur, quand il avait deux mois.

– J'ai dû lui donner cent livres, et cela représentait beaucoup d'argent alors. Nous ne l'avons jamais revue.

Elle lui avait appris les circonstances de sa naissance dès qu'il avait été assez grand pour comprendre. Malheureusement, Stanley Caspian et d'autres de sa clique, l'avaient trouvé assez grand quelques mois plus tôt. Ce n'était pas la faute de tante Gracie. Elle n'avait jamais fait allusion à sa mère et il n'avait jamais su qui était son père, mais dans sa chambre – en laissant sa porte ouverte, naturellement – il avait passé de longues heures dans son enfance à se poser des questions.

Arthur se secoua. Qu'avait-il à rêver ainsi? Les circonstances étaient un peu particulières. Un nouveau locataire emménageait ce jour-là dans la chambre N° 2. Il était normal que cela l'entraînât à se pencher sur son passé.

La cour de chez Grainger était la seconde après la dernière des maisons promises à la démolition. Au delà, s'étendait un vaste terrain vague où des maisons avaient été démolies mais non remplacées. Plus loin encore se trouvait la station de métro de Kenbourne lane.

Arthur ouvrit la double grille et pénétra dans le chalet en bois de cèdre et verre qui était son bureau. Le garçon, qui balayait les bureaux, faisait les courses et qui devait ouvrir les grilles, n'était pas encore arrivé. Caractéristique! Il n'aurait pas été en retard, jour après jour, s'il avait eu une tante Gracie pour le rappeler à l'ordre.

Il tira les stores vénitiens pour laisser entrer le soleil dans la petite pièce bien rangée. Arthur enleva la housse de son Adler Standard. Beaucoup de courrier était arrivé depuis vendredi, en particulier beaucoup de chèques en règlement de factures. Il y avait aussi une lettre d'un client furieux qui affirmait qu'un évier bleu pastel avait été installé dans sa cuisine à la place de l'évier en inox qu'il avait commandé. Arthur relut sa lettre, préparant déjà les mots diplomatiques de la réponse.

Quand on lui demandait la nature de ses occupations, il répondait qu'il était surveillant. En fait, il n'avait jamais rien surveillé et n'aurait pas su le faire. Son travail consistait simplement à être assis à son bureau de neuf heures trente à dix-sept heures, à répondre au téléphone, à envoyer des factures et à tenir les livres. Il connaissait son métier sur le bout des doigts, ce qui ne l'empêchait pas d'être anxieux. Les règles de tante Gracie ne le quittaient pas.

– Ne remets jamais à demain ce que tu peux faire aujourd'hui, Arthur. Souviens-toi que si un travail mérite d'être fait, il mérite d'être bien fait. Ton patron te fait confiance. Il t'a donné des responsabilités. Il t'appartient de ne pas le décevoir.

Il se répétait ces phrases – et d'autres semblables – depuis qu'elle l'avait placé en apprentissage chez Grainger à l'âge de quatorze ans, aussi avait-il balayé les bureaux mieux qu'ils ne l'avaient jamais été, avait-il fait des courses avec plus de diligence qu'un autre et à vingt et un ans, il avait obtenu le poste de responsabilité qu'il occupait encore actuellement et qui consistait à s'assurer que chaque client de Grainger ait un toit mieux réparé que quiconque, le sol de sa cuisine mieux carrelé... en ce sens, il était inestimable.

Il s'installa à sa machine.

Cher Monsieur,

Je note avec regret que l'évier de luxe bouton de rose, type E/428 : bleu pastel n'était pas...

Barry Hopkins entra dans le bureau en mâchant du bubble-gum.

– Salut !

– Bonjour Barry. Un peu en retard, je crois. Savez-vous l'heure qu'il est?

– Près de neuf heures et demie.

– Je vois! De tous les effrontés...

Arthur aurait bien voulu lui ordonner d'aller à l'entrepôt chercher un litre d'huile de coude, mais les jeunes étaient si sophistiqués aujourd'hui. Il se contenta de dire :

– Ôtez cette chose dégoûtante de votre bouche !

Barny ne l'écouta pas. Il souffla une énorme bulle, comme un ballon dans un ton pâle d'aigue-marine. Nonchalamment appuyé contre la fenêtre, il lança avec perfidie :

– Le vieux Grainger arrive dans la cour.

Arthur en fut galvanisé. Son visage prit une expression de dévotion et de flagornerie affectée et il se pencha sur sa machine à écrire.

IV

Anthony Johnson n'avait pas de meubles. Il ne possédait que quelques vêtements et beaucoup de livres qu'il avait apportés avec lui au 142 Trinity Road, dans une vieille valise et un sac en toile. Il avait différents ouvrages de sociologie, son dictionnaire de psychologie et ce livre essentiel, pour un étudiant en cette matière, *Le Psychopathe,* par William et Joan McCord. Il trouverait tous les documents dont il aurait besoin au British Museum et dans l'excellente bibliothèque de criminologie, la meilleure de Londres, discrètement située à l'université Radclyffe, dans Kenbourne Vale. C'était dans cette bibliothèque qu'il écrirait sa thèse dont le sujet était *« Quelques aspects de la personnalité psychopathique,* ce qui lui assurerait, espérait-il, son diplôme de docteur en philosophie de l'Université de Londres.

Une partie de cette thèse devrait être écrite ici, pensa-t-il en examinant la chambre N° 2, sur cette table bancale, sous cette lampe qui ressemblait à un monstrueux poisson en plastique sorti tout droit d'un magasin de farces et attrapes. Enfin ! Il voulait ce diplôme et tel était le prix qu'il fallait payer pour l'obtenir. *Dr Johnson.* Non, bien sûr, il ne porterait pas le titre de « docteur ». C'était Helen qui avait attiré son attention sur ce fait : dans ce pays, terre de tant d'anomalies, on appelait « docteur » le docteur en médecine, mais le docteur en philosophie n'était que « Monsieur ». Elle avait aussi remarqué qu'il était drôle d'être « Dr Johnson » et avait cité des épigrammes et parlé de Boswell (1), jusqu'à ce qu'enfin il eut compris. Il en était toujours ainsi. Il lui arrivait de penser qu'en dépit de ses études à Cambridge, de sa vaste expérience auprès des pauvres, des malades, des enfants, il n'avait jamais possédé de véritable intuition avant de rencontrer Helen. C'était elle qui avait tourné son âme vers la lumière.

En songeant à cela, son regard tomba sur le miroir fixé contre le mur. Anthony n'était pas vaniteux. Il pensait rarement à son aspect physique. Pour lui, peu importait qu'il fût grand, mince et cependant robuste, qu'il eût un visage aux traits réguliers et une épaisse chevelure blonde. Il était seulement satisfait de posséder une bonne santé, mais depuis quelque temps, il se posait des questions.

Il se demandait ce qui lui manquait que Roger possédait. Il avait un physique agréable, un caractère facile, une instruction supérieure avec des perspectives d'avenir lui permettant de prétendre à un salaire élevé alors que Roger était stupide, ennuyeux, possessif et ne savait rien faire que de gagner des tournois de tir au pistolet. Il savait que ce n'était pas tout. En dépit de sa subtilité, Helen se connaissait mal elle-même.

Pour lui donner l'occasion de se découvrir et de pouvoir choisir entre eux, il était venu ici. La bibliothèque offrait des avantages, mais il aurait aussi bien pu écrire sa thèse à Bristol. Sa théorie était que l'absence fortifierait l'ardeur d'un cœur épris. S'il était allé chez

(1) James Boswell (1740-1795) se rendit célèbre en écrivant une « Vie du Dr Johnson », lui-même éminent lexicologue.

ses parents à York, elle aurait pu lui téléphoner tous les soirs. Il ne lui communiquerait pas son numéro de téléphone. Ils avaient convenu qu'il l'appellerait le dernier mercredi du mois, quand Roger se rendrait à son club de tir. Il ne pouvait lui écrire, Roger pouvant intercepter ses lettres. Helen lui écrirait une fois par semaine. Il se demanda comment ce plan allait marcher et s'il avait été prudent d'agir ainsi. En novembre, elle devrait prendre une décision : rester en prison avec son mari ou venir à lui en toute liberté.

Il ouvrit la fenêtre parce que la chambre sentait le renfermé. Dehors, il vit une petite cour éclairée par le peu de lumière filtrant entre les pans de mur. En face de lui, il aperçut une porte. Comme il n'y avait aucune fenêtre à côté ou au-dessus, il en conclut que ce devait être la porte d'une cave.

Il était cinq heures. Il lui fallait sortir pour acheter quelque chose à manger. Le hall sentait vaguement le clou de girofle et moins vaguement le linge sale. Cela semblait provenir de la pièce entre sa chambre et la chambre N° 1. Probablement la salle de bains. A côté de la vieille table de Caspian se trouvait la porte des cabinets. Il se demanda quel genre de femme était cette Miss Chan et si elle prendrait possession de la salle de bains quand il en aurait besoin.

Lorsqu'il revint avec un filet contenant du jambon, une boîte de haricots, des œufs, du thé, de la margarine et du pain, la maison n'était plus vide.

Un homme d'environ cinquante ans se tenait près de la table du hall. Il avait un paquet de prospectus à la main. Grand et maigre, il avait le teint rouge et ses cheveux gris étaient soigneusement coiffés pour dissimuler une calvitie naissante. Il portait un costume gris foncé, une chemise blanche et une cravate marron à pois gris. Son long nez pointu était chaussé de lunettes à monture dorée.

Il sursauta en voyant Anthony et crut devoir expliquer :

– Ces prospectus étaient sur le paillasson. Il en arrive tous les jours. On ne croirait jamais que le papier manque. Je les range. Personne ne semble s'y intéresser, mais ce n'est pas à moi de les jeter.

Anthony se demanda pourquoi il lui donnait toutes ces explications.

– Mon nom est Anthony Johnson. J'ai emménagé aujourd'hui.

L'homme fit « Ah ! » et lui tendit la main. Il avait l'air pédant, mais sa voix n'était pas celle d'un homme cultivé.

– Vous habitez la chambre du fond, n'est-ce pas? Personne ne se fréquente ici. J'espère que vous ne vous servirez pas du téléphone après onze heures.
Anthony demanda où se trouvait le téléphone.

– Sur le premier palier. J'habite au second. J'ai tout un appartement pas une simple chambre.

La lumière se fit.

– Ne seriez-vous pas l'autre Johnson?

L'homme eut un rire ironique.

– Ne serait-il pas plus exact de dire que *vous* êtes l'autre Johnson? Voyez-vous, il y a vingt ans que j'habite ici !

Anthony ne trouva aucune réponse et rentra dans sa chambre en refermant la porte derrière lui. Par ce temps doux et ensoleillé il faisait encore jour, mais avec son rempart de briques devant la fenêtre, la pièce était déjà sombre à six heures. Il alluma la lampe et vit que sa lumière éclairait entièrement la petite cour. En se penchant à la fenêtre, il remarqua que dans tout ce mur de brique, une seule fenêtre au dernier étage donnait sur la cour. Les rideaux de tulle frémirent derrière les vitres. Quelqu'un l'observait. Anthony ne connaissait pas encore assez bien la topographie des lieux pour savoir qui cela pouvait être.

Chaque matin, durant la semaine, Arthur guetta le départ d'Anthony Johnson pour son travail. Jonathan Dean et les Kotowsky faisaient toujours trop de bruit en s'en allant pour qu'il pût avoir une certitude. Il demeurait certain qu'Anthony Johnson ne sortait pas le soir.

En surveillant par la fenêtre de sa chambre, Arthur vit briller la lumière dans la cour tous les soirs vers six heures. Il constatait, en voyant le rectangle lumineux, qu'Anthony ne tirait pas ses rideaux. Il était un peu tôt pour qu'il ressentît le besoin urgent de se rendre à la cave, cependant, il devenait impatient. Ce sentiment naissait de la frustration qu'il éprouvait à se rendre compte qu'il ne pouvait plus descendre quand il le voulait.

Le vendredi matin, en allant chercher le courrier, il rencontra Anthony Johnson qui sortait de sa chambre pour aller dans la salle de bains. Pour tout vêtement, il ne portait qu'un jean. Ce garçon n'allait-il donc jamais travailler? Allait-il rester là jour et nuit?

La première lettre du paquet était pour Anthony Johnson. Arthur le comprit aussitôt, car l'enveloppe portait l'oblitération de York et au dos se trouvaient le nom et adresse de l'expéditeur : Mrs R. L. Johnson, 22 West Highmgate, York. La lettre était adressée à : Mr A. Johnson Esq. 2/142 Trinity Road Londres W15 6HD. Arthur se suça les lèvres avec exaspération. Quand Anthony émergea de la salle de bains quelques instants plus tard, dans une odeur de pâte dentifrice, Arthur lui fit remarquer les conséquences possibles d'une telle imprécision.

Le jeune homme prit la chose à la légère.

– C'est une lettre de ma mère. Je lui demanderai d'ajouter « Chambre N° 2 », si j'y pense.

– J'espère que vous y penserez, Mr Johnson. Ce genre de situation peut conduire à beaucoup d'ambiguïté et d'embarras.

Anthony Johnson sourit, découvrant ainsi des dents blanches et régulières. Il irradiait de santé, de vigueur et d'une sorte de virilité saine qui mettait Arthur mal à l'aise. De plus, il n'aimait pas regarder un homme au torse nu et bronzé à neuf heures dix du matin.

– Beaucoup d'embarras, répéta-t-il.

– Oh! je ne le pense pas. Inutile de se tracasser à l'avance. Je n'attends pas beaucoup de courrier. Les lettres que je recevrai porteront l'oblitération de York ou de Bristol.

– Très bien. Je pensais devoir attirer votre attention sur ce point. Maintenant, ne venez pas me faire des reproches s'il y a confusion.

– Je ne vous ferai aucun reproche.

Arthur n'ajouta rien. Cet homme avait le don de lui clouer le bec. Il aurait préféré se heurter à plus de défense ou à des excuses. Cette froide acceptation de ses reproches le déconcertait. On aurait dit qu'Anthony Johnson était l'aîné, un homme mûr, capable de traiter ce genre de petites difficultés avec indulgence.

Arthur en était fort irrité. Cela aurait été une bonne leçon pour Anthony Johnson si – en prenant le courrier le mardi suivant – il avait ouvert l'enveloppe de Bristol. Naturellement, il ne le fit pas. La lettre était également adressée à Mr A. Johnson Esq. 2/142 Trinity Road, Londres W15 6DH. L'enveloppe était en épais papier toilé mauve.

Arthur la posa sur la table à l'extrême droite, à l'endroit qu'il avait alloué à la correspondance d'Anthony Johnson, puis il alla devant la maison arranger la poubelle qui débordait. Les éboueurs étaient en grève depuis deux semaines et les ordures dégageaient une odeur nauséabonde. Lorsqu'il rentra à la maison, l'enveloppe mauve avait disparu.

Il ne se livra à aucune spéculation sur son contenu ou sur l'identité de l'expéditeur. Il ne s'intéressait à Anthony Johnson que pour avoir une idée de ses déplacements. Cependant, dans la soirée du dernier mercredi du mois, il devait apprendre la réponse à certaine de ces questions.

Il était huit heures et la nuit était tombée. Arthur avait terminé depuis longtemps son repas du soir et fait sa vaisselle. Il se préparait à s'installer devant sa télévision lorsqu'il se rappela qu'il avait laissé la fenêtre de sa chambre ouverte. Tante Gracie l'avait toujours mis en garde sur les effets nocifs de l'air nocturne. Comme il tirait les doubles rideaux, il vit la lumière s'éteindre dans la cour. Aussitôt, il courut jusqu'à sa porte, l'ouvrit et écouta. Mais, au lieu de sortir de la maison, Anthony Johnson montait l'escalier. Arthur l'entendit très distinctement composer un numéro – très long, plus que les sept chiffres de Londres. Il glissa aussi plusieurs pièces de monnaie dans l'appareil, puis sa voix s'éleva et, le cœur battant, Arthur entendit :

– Je tiens pour assuré que la voie est libre et qu'il n'écoute pas sur un poste annexe afin de venir me prendre pour cible demain matin !... Bien sûr, je te taquine mon amour... Oui, j'ai reçu ta lettre. Mais j'ai besoin de quelques explications, chérie. Tu dois être la seule femme au monde qui cite *The Pilgrim's Progress* (1) dans une lettre à son amant ! Était-ce *Grace Abouding?*... Alors, je n'ai pas besoin d'éclaircissement.

Il y eut une très longue pause durant laquelle An-

(1) The Pligrim's Progress et Grace Abouding : œuvres allégoriques de John Bunyan (1628-1688).

thony Johnson jura parce qu'il n'avait pas mis assez de pièces. Il reprit :

– Te téléphoner en PCV? C'est impossible, Roger le verrait en réglant la note du téléphone et tu aurais des complications... rire... le trimestre ne commence que, dans une semaine, mais j'irai aux conférences du mercredi qui m'intéressent. La plupart du temps je reste chez moi à travailler et à réfléchir... sortir le soir? Chérie, où irais-je et avec qui?

Arthur referma sa porte. Une longue pratique lui avait enseigné à le faire dans le silence le plus total.

V

Les rues de West Kenbourne, qui n'étaient jamais particulièrement embaumées, sentaient franchement mauvais. Toutes les poubelles débordaient sur les trottoirs; des sacs en papier et en plastique s'entassaient partout et dans Trinity Road la boîte à ordure du 142 exhalait de la fumée.

– Et nous n'avons qu'une seule poubelle, dit Arthur avec humeur à Stanley Caspian.

– Cela ne ferait aucune différence, même si vous en aviez dix. Elles seraient toutes pleines maintenant. Ne pouvez-vous mettre vos ordures dans un de ces grands sacs noirs que distribue la municipalité ?

Arthur changea de tactique :

– C'est pour le principe. Si la grève continue, d'autres dispositions devront être prises. Je paie mes impôts, j'ai le droit de voir mes ordures enlevées. J'écrirai aux autorités locales. On tiendra peut-être compte d'une lettre d'un contribuable aux termes bien sentis.

– Les cochons voleraient s'ils avaient des ailes et dans ce cas, nous n'aurions plus de porc ! Stanley éclata d'un rire bruyant. Cela me fait penser que je meurs de faim. Branchez la bouilloire, mon vieil Arthur. Il ouvrit un paquet de cacahuètes et un autre contenant un hamburger. Comment se comporte le nouveau locataire ?

– Ne me le demandez pas. Vous savez que je ne m'occupe de personne.

Il prépara le café de Stanley, réclama son enveloppe et monta chez lui. Il répugnait à l'idée de discuter d'Anthony Johnson et cela, en partie parce qu'une conversation tenue dans le hall pouvait facilement être entendue de la chambre N° 2. Cette considération laissait Stanley Caspian parfaitement indifférent. Arthur aurait souhaité l'être, lui aussi, mais il avait l'impression qu'il était important pour lui de s'assurer les bonnes grâces d'Anthony Johnson et qu'il ne fallait, sous aucun prétexte, le blesser ou le provoquer. Il regrettait maintenant les paroles inconsidérées qu'il avait proférées à propos du libellé des enveloppes. De vagues projets d'entretenir des rapports amicaux – ce mot même l'effrayait – se formaient dans son esprit. Car il pourrait peut-être alors trouver un moyen de conseiller à Anthony Johnson de tirer ses rideaux quand il allumerait sa lumière. S'il échouait, il tenterait de le convaincre que lui, Arthur, avait une occupation légitime dans la cave : développement de photographies ou travaux de menuiserie, par exemple. Mais en rassemblant son linge sale pour le porter à la laverie, il se rembrunit. Il ne voulait pas fréquenter cet homme. Il ne voulait fréquenter personne. Il était si ennuyeux de connaître des gens et cela avait été si peu nécessaire en vingt ans !

Le psychopathe est associal. Il est en position de conflit avec la société. Sans cesse poussé par des désirs ataviques et un appétit d'excitation, c'est un égocentrique, impulsif qui ne se préoccupe pas des tabous sociaux.

Toute la matinée, Anthony avait pris des notes, mais en entendant Stanley Caspian quitter la maison, il posa sa plume. A quoi servait de commencer sa thèse avant d'avoir assister à cette conférence sur la criminologie? D'autre part, la musique, venant d'en haut, l'avait empêché de se concentrer au cours de la dernière demi-heure. Précisément, la musique venait de s'interrompre et deux portes claquèrent. Jusque-là, il n'avait pas rencontré d'autre locataire qu'Arthur Johnson et comme de nouveaux bruits s'élevaient, il alla dans le hall.

Deux hommes étaient assis sur les marches de l'escalier, probablement pour permettre au plus petit, très brun, de lacer ses chaussures. L'autre chantait une chanson à boire. Anthony leur dit bonjour. Ses souliers lacés, le petit homme brun descendit les dernières marches et tendit la main en disant :

– Mr Johnson, je présume ?

– C'est exact. Anthony, l' « autre » Johnson» !

Cette précision provoqua un éclat de rire disproportionné avec la plaisanterie.

– Vous devriez inscrire ça sur votre sonnette ! Brian Kotowsky, pour vous servir. Et voici Jonathan Dean, le meilleur copain qu'un homme ait jamais eu !

Une autre main, large et velue, se tendit.

– Nous sommes sur le point d'aller donner un peu d'exercice à notre bras droit dans une taverne connue de ses habitués sous le nom de *« Lily »*, est-ce que...

– Il veut dire : venez boire un verre avec nous !

Anthony sourit et accepta tout en se demandant s'il ne regretterait pas cette rencontre. Jonathan fit claquer la porte derrière lui en déclarant que cela allait ébranler le plafond de ce vieux Caspian.

Ils traversèrent Trinity Road pour s'engager dans Oriel Mews, une ruelle caillouteuse, bordée de hangars et d'ateliers. Anthony demanda :

– Habitez-vous là depuis longtemps ?

– Une éternité et un jour, répondit Jonathan Dean, mais je vais bientôt déménager.

– Pour me laisser seul avec le démon femelle que j'ai eu le malheur d'épouser, dit Brian, sans son influence modératrice, elle m'aurait depuis longtemps taillé en pièces.

– Les meilleurs ménages sont ainsi, non des lits de roses, mais des champs de bataille. Voyez Tolstoï, voyez Lawrence !

Ils discutaient toujours Tolstoï et Lawrence en entrant au *Waterlily*. La salle était pleine de bruit et de fumée et ils eurent du mal à se frayer un chemin jusqu'au comptoir. Anthony offrit la première tournée, sage précaution s'il voulait s'esquiver rapidement. Sa question avait été un préambule à la seconde qu'il posa après une courte pause :

– Que peut-on faire ici ?

– Boire, répondit Jonathan Dean avec simplicité.

– Je veux dire à Kenbourne Vale.

– Boire, se disputer, faire l'amour.

– Il y a le *Taj Mahal*, dit Brian, il s'appelait l'Odéon, mais on n'y passe plus que des films indiens. Il y a aussi Radclyffe Parc. On donne des concerts dans la salle Radclyffe.

– Seigneur ! Mieux vaut vous faire une raison, Tony, il n'y a rien d'autre à faire ici que boire. Vous avez le choix : cette taverne, le *Dalmatien*, l'*Hospital Arms*, et le *Grand Duc*. Que voulez-vous de plus ?

Avant qu'Anthony ait pu répondre, une femme fit irruption et se glissa entre les deux hommes en appuyant ses mains aux ongles douteux sur le comptoir. Elle s'adressa à Brian :

– A quoi diable penses-tu de venir ici sans moi?

– Tu dormais. Tu étais morte au monde.

– Dans la sueur rance d'un lit défait, dit Jonathan.

– Taisez-vous et ne soyez pas vulgaire.

Elle lui jeta le regard peu amène que les femmes réservent souvent aux amis de leur mari sur lesquels elles les soupçonnent d'exercer une influence néfaste. Que Brian fût son mari, Anthony en fut certain avant même qu'il ne l'ait présentée :

– Ma femme, Vesta.

– Ta femme veut boire un gin et tonique dans un grand verre.

Elle sortit une cigarette de son sac, tandis que Dean en prenait une dans son propre paquet, mais au lieu de lui tendre son briquet, il alluma sa Philip Morris et remit le briquet dans sa poche. Lui tournant le dos, elle fit craquer une allumette. Anthony l'examina avec intérêt. Elle paraissait environ trente-cinq ans et avait l'air d'être sortie sans essuyer « la sueur rance », selon l'expression réaliste de Dean. Ses cheveux, naturellement noirs, avaient été teints au henné et pendaient en longues mèches auburn, aussi ébouriffées que celles de son mari, mais plus longues. Elle avait une peau grasse, prématurément ridée, des lèvres minces, de grands yeux noirs au regard vindicatif. Une odeur d'huile de patchouli émanait d'elle. Sa robe longue, en coton noir, garnie de perles et de chaînes, était, en partie, dissimulée par un châle rouge à franges. Quand Brian lui tendit son verre, elle l'encercla de ses deux mains et regarda intensément le liquide comme un voyante sa boule de cristal.

Trois autres verres firent également leur apparition. Après avoir échangé quelques réflexions désagréables avec Vesta, Jonathan se mit à parler de Li-li Chan. Quel « régal » elle était ! Et comme il comprenait ces bâtisseurs d'empire qui abandonnaient leurs languissantes épouses pour des maîtresses orientales. De véritables fleurs ! Il espérait qu'Anthony appréciait le fait de partager la salle de bains avec Li-li...

Anthony décida qu'il en avait assez entendu pour une première fois. Des années d'internat et de pensions meublées lui avaient appris la futilité de vouloir se faire des amis à tout prix.

Aussi, quand Brian se mit à faire des projets pour la soirée, il s'excusa. A sa surprise, Jonathan déclina l'invitation. Il avait un mystérieux rendez-vous. Vesta déclara qu'elle sortait également de son côté. Brian ne lui demanda pas où elle allait et avec qui. Elle était libre, n'est-ce pas? Elle ne s'était pas mariée pour être tenue en esclavage. Anthony plaignit Brian dont le visage d'épagneul devenait facilement malheureux.

– A un autre jour, dit-il comme s'il le pensait.

Le soleil brillait et il avait tout l'après-midi devant lui. Avisant l'autobus K12 qui passait, il le prit pour se faire conduire à Radcliffe Parc. Il se promena dans le parc qui était grand et sauvage. Il avisa une clairière où l'herbe était parsemée de feuilles mortes et s'assit au pied d'un arbre pour relire la lettre d'Helen.

Tony chéri, je savais que tu me manquerais, mais j'ignorais à quel point. J'ai envie de demander qui a eu l'idée de cette séparation mais je sais qu'elle nous est venue spontanément et que c'était le seul moyen. De plus, aucun de nous ne peut être heureux de cette situation fausse. Nous ne sommes pas faits pour les intrigues. Être discret te paraît inutile et ennuyeux, quant à moi, j'ai toujours détesté mentir à Roger. Quand tu affirmes – ou est-ce moi? – que cela doit être tout ou rien, moi, toi, nous avons raison!

Je ne dois pas être une très bonne menteuse car Roger a flairé quelque chose. Il a toujours été jaloux, mais jusqu'ici sa jalousie ne s'était pas manifestée par des actes. Maintenant, il me téléphone deux ou trois fois par jour à mon travail et la semaine dernière il a ouvert deux lettres qui m'étaient adressées. L'une était de ma mère l'autre une invitation à la présentation d'une collection, mais comment pourrais-je me rebeller et jouer les épouses offensées? Après tout, j'ai un amant!

Un enfant qui jouait avec une balle fit atterrir celle-ci aux pieds d'Anthony. Il la lui renvoya. Comme il était curieux que les gens pensaient toujours que seules les femmes désiraient se marier et avoir des enfants...

Je me rappelle tout ce que tu m'as appris, les principes

sur lesquels baser notre vie. Existentialisme appliqué! Je me répète que je ne suis pas responsable d'un adulte et que je ne suis pas venue au monde pour satisfaire les attentes de Roger, mais je suis sa femme, Tony, je l'ai épousé, n'est-ce pas? Ne lui ai-je pas juré amour et fidélité? N'est-il pas en droit d'attendre son bonheur de moi? Et il a si peu de choses, ce pauvre Roger! Je ne prétends pas que je l'aime. Nous faisons chambre à part depuis six mois. Je ne l'ai épousé que parce qu'il a tellement insisté...

Anthony fronça les sourcils à ce passage. Il détestait les faiblesses d'Helen et ses hésitations. Il y avait des côtés de son caractère qu'il ne comprenait pas. Mais il en arrivait au point important :

Alors, pourquoi ne pas simplement lui dire la vérité et m'en aller. Sauter le pas, les yeux fermés et que vienne le ciel ou l'enfer... Par peur, je suppose, et par compassion. C'est parce qu'en ce moment la compassion est plus forte que la passion que je suis ici et que tu es seul à Londres.

Il plia la lettre et la remit dans sa poche. Il n'était pas découragé, mais il se sentait seul et il s'ennuyait. A la fin, elle viendrait à lui. Ses sentiments pour lui seraient les plus forts. Il y avait entre eux des choses dont elle se souviendrait en son absence, et les souvenirs, cet espoir d'un renouveau, seraient plus forts que la pitié. En attendant? Il renvoya une fois de plus la balle qui venait de rouler près de lui dans l'herbe.

Le métro ramena Anthony à la station de Kenbourne Lane. A la sortie, un gamin vint au devant de lui en lui demandant « Un penny pour le Guy » (1).

(1) *Guy Fawkes*, chef de la conspiration des Poudres (1605) les gamins portent son effigie burlesque en procession le 5 novembre et la brûle dans un feu de joie.

– En septembre ? N'est-ce pas un peu prématuré ?

– Il faut commencer tôt, M'sieu, sinon un autre y pensera avant moi !

Anthony se mit à rire et lui donna dix pence.

Les enfants – ceux du parc et celui-ci – lui donnèrent une idée. Ce serait une occupation utile pour meubler ses soirées et, à l'occasion, les après-midi du week-end. Une occupation pour laquelle il était admirablement préparé.

Il était six heures. Il entra dans sa chambre et écrivit une lettre, libella l'enveloppe et la timbra. Toute l'opération ne lui avait pris que quelques minutes, mais quand il eut terminé, il faisait si sombre qu'il dut allumer. En sortant dans le hall, il rencontra Arthur Johnson qui tenait également une lettre à la main. Anthony serait passé avec un bref salut de la tête, mais « l'autre » Johnson lui barra positivement le passage et demanda en le fixant d'un œil anxieux :

– Puis-je me permettre de vous demander si vous sortez pour la soirée, Mr Jonhson, ou si vous allez seulement à la poste ?

– Je vais seulement à la poste.

L'espoir parut s'éteindre dans le regard d'Arthur et pourtant, qu'est-ce que cela pouvait bien lui faire ? D'un autre côté, il escomptait peut-être cette réponse, car il tendit la main avec un sourire de bonhomie :

– Alors, puisque j'y vais moi-même, laissez-moi le plaisir de me charger de votre lettre.

– Merci. C'est fort aimable à vous.

Arthur Johnson prit l'enveloppe et, sans un autre mot, quitta la maison après avoir refermé doucement la porte derrière lui.

VI

La grève des boueux s'était terminée le dernier lundi de septembre. Deux jours plus tard, le premier mercredi d'octobre, le grincement des freins et le bruit des poubelles apprirent à Arthur que Trinity Road était enfin débarrassée de ses ordures ménagères. Il aurait pu s'éviter la peine d'écrire aux autorités locales. Cependant, en descendant chercher le courrier, il constata qu'il avait reçu une réponse. Il glissa dans sa poche l'enveloppe brune adressée à Mr A. Johnson Esq. 2/142 Trinity Road, Londres W15 6HD. Le reste du courrier était constitué par une circulaire d'un marchand de chaussures pour Li-li Chan et par une enveloppe mauve venant de Bristol pour Anthony Johnson. Il la posa sur la table dans la position appropriée.

Tous les locataires étaient sortis. D'après la conversation éléphonique qu'il avait surprise, Arthur savait qu'Anthony Johnson irait ce jour-là à une conférence. Il avait tenu à s'assurer du départ de « l'autre » en le regardant se diriger vers la station de métro à neuf heures cinq. Non que ce fût d'un grand intérêt pour lui car il devait lui-même partir dans dix minutes. Il était seulement réconfortant de savoir que cet homme sortait parfois.

Il monta chez lui et décacheta l'enveloppe avec un

des couteaux à fruit de Tante Gracie. La lettre émanait du Service Social. Il se serait plutôt attendu à recevoir une réponse de l'Inspecteur de la Santé Publique, mais avec l'administration...

Cher Monsieur,

En réponse à votre lettre du 28ct. demandant des renseignements concernant un emploi dans un centre s'occupant de la garde des enfants après l'école, nous vous informons que ces centres dépendent du Ministère de l'Éducation Nationale à qui il convient de vous adresser.

Arthur était consterné. Il se rendait compte de l'erreur qu'il venait de commettre. Quel ennui que ce fût lui qui ait ouvert une lettre de « l'autre » ! Il en était si bouleversé qu'il ne put écrire sur le champ le mot d'excuse. Du reste, il était déjà neuf heures et quart. Il jeta l'enveloppe dans sa serviette vide et partit.

Les démolisseurs étaient au travail et le living-room de tante Gracie, cheminée de marbre et linoléum rose, exposé à la vue des passants. Sur la tapisserie ocre se détachaient des rectangles plus clairs à l'endroit où s'était trouvé le buffet dans le tiroir duquel il avait enfermé la souris. Son premier meurtre. Tante Gracie était morte dans cette pièce et c'était de là qu'il était parti pour chercher sa première victime.

Pourquoi penser à cela maintenant? Il se sentait malade. Il ouvrit la grille et entra dans son bureau, souhaitant qu'il y eut un moyen de s'isoler des coups de masses et de marteaux. Heureusement, il n'y avait pas de courrier pour Grainger et à une heure, il avait eu le temps d'écrire sa lettre à la main – il aurait été discourtois de la taper à la machine. Elle constituait un parfait spécimen du genre.

Cher Mr Johnson.

Acceptez, je vous prie, mes plus sincères excuses pour avoir décacheté cette lettre par erreur. Considérant la gravité de cette intrusion dans votre vie privée, je juge nécessaire de vous fournir une complète explication. J'attendais moi-même une lettre de la Municipalité en réponse à une réclamation que j'avais adressée concernant la situation désastreuse provoquée par la grève des boueux. En voyant le cachet de la Municipalité sur l'enveloppe, je l'ai ouverte pour m'apercevoir trop tard qu'elle vous était adressée. Inutile de vous préciser que je n'ai lu que ce qui était strictement indispensable pour me rendre compte que cette missive ne m'était pas destinée.

Espérant que vous serez assez bon pour comprendre qu'il ne s'agit que d'une malencontreuse erreur, je reste, sincèrement vôtre.

Arthur Johnson.

Qui pourrait dire à quelle heure Anthony Johnson serait de retour? Arthur revint à la maison à une heure et demie. Tout était silencieux. L'enveloppe mauve se trouvait toujours sur la table. Au-dessous, dans l'alignement, Arthur posa sa propre lettre attachée avec un trombone à la lettre de la Municipalité. Quand il revint de son travail à cinq heures et demie, toutes les lettres étaient encore là.

Seul dans son appartement, il se mit à spéculer sur ce que serait la réaction de « l'autre » Johnson. Peut-être cet incident serait-il bénéfique? Antony lirait sa lettre et, ému par tant de sincère rectitude, il monterait immédiatement dire à Arthur qu'il comprenait et lui demandait d'oublier l'incident. Ce serait sa chance. Il mit la bouilloire sur le feu, disposa un plateau avec sa plus fine porcelaine et laissa la porte entrouverte afin qu'Anthony Johnson se sentît attendu et bienvenu.

Car, aussi irritant que ce fût de recevoir quelqu'un et d'entretenir une conversation, ces bonnes relations étaient désormais d'une importance vitale. Ce serait merveilleux si, dans le cours de la conversation, Anthony lui annonçait son intention de s'assurer un travail le soir comme la lettre semblait l'indiquer.

Il s'installa près de la fenêtre. Li-li Chan fut la première à rentrer à la maison. Elle arriva avec un jeune homme différent, dans une voiture de sport verte. Dix minutes après son retour, Arthur l'entendit au téléphone.

– Non, non, je suis désolée. Vous donnez les billets de théâtre à une autre gentille fille. Ce soir, je reste à la maison pour me laver la tête... Oh ! que vous êtes bête ! Je ne vous aime pas parce que je lave mes cheveux ? Bien sûr, je vous aime. J'aime beaucoup, beaucoup de monde. Au revoir, maintenant.

Arthur la vit sauter dans la voiture de son chevalier servant et partir en direction de Kenbourne Lane. Un peu plus tard, Vesta Kotowsky arriva seule, l'air harassé. En voilà une qui aurait besoin de passer la soirée à la maison pour se laver la tête !

A six heures cinq, Anthony émergea au coin de la rue. Tandis qu'il approchait, Arthur détailla la haute silhouette bien proportionnée, le beau visage, l'opulente chevelure et il ressentit quelque chose qui était à la fois de l'envie et du ressentiment. Cependant, ce sentiment n'était pas provoqué par le physique avantageux de « l'autre » Johnson. A cet égard, Arthur n'avait pas lui-même à se plaindre, mais il enviait et en voulait à l'autre de n'avoir pas les problèmes qui plaçaient sa vie et sa liberté dans un risque constant.

La porte d'entrée se referma. Dix minutes passèrent. Un quart d'heure. Une demi-heure. Arthur était sur des charbons ardents. Il était trop tard pour prendre le thé. L'idée que quelqu'un put venir toquer à sa porte pendant qu'il prenait un repas lui était intolérable.

Devait-il descendre ? Peut-être devrait-il renforcer sa lettre par des excuses verbales ? Une portière claqua. Il se précipita à la fenêtre. Brian Kotowsky et Jonathan Dean descendirent de voiture et firent une entrée bruyante. Il y eut un long silence, suivi de bruits de pas d'une personne qui montait l'escalier. Se pourrait-il enfin... Hélas non ! La porte de Dean se referma derrière lui.

Très mal à l'aise maintenant, Arthur resta à sa fenêtre. Brian Kotowsky apparut de nouveau. Anthony Johnson l'accompagnait, apparemment à contre-cœur car Arthur l'entendit déclarer :

– Très bien, mais un seul verre alors, j'ai du travail.

Arthur descendit l'escalier sur la pointe des pieds. Un murmure de voix venait de la chambre de Dean. Il poursuivit sa descente. Par-dessus la rampe, il vit que le courrier avait été enlevé. En s'approchant, il remarqua des morceaux de papier jetés dans la corbeille à papier de Stanley. Il se pencha. C'était la lettre qu'il avait rédigée avec tant de soin et d'anxiété. Anthony Johnson l'avait déchirée avec l'enveloppe de la Municipalité.

Le Service de l'Éducation Nationale lui répondit qu'on ne pouvait lui préciser par téléphone s'il y avait ou non un emploi disponible. Il écrivit et reçut une réponse ambiguë, lui conseillant de refaire une demande après la Noël. Du moins ce service avait répondu avec diligence. Anthony ne put s'empêcher de sourire avec amertume en se rappelant le soir où il avait reçu la première réponse.

D'abord, il y avait eu cette lettre d'Helen qui représentait plutôt un essai sur les malheurs de Roger « *Je m'étais mise à lire pour m'évader dans la littérature. Chaque fois que je levais la tête, je trouvais ses yeux posés sur moi avec un regard accusateur. Il prend de travers les remarques les plus innocentes, tant et si bien que l'autre jour, j'ai fondu en larmes. Ce fut affreux ! Il se mit à pleurer, lui aussi. Il s'est agenouillé à mes pieds en me suppliant de l'aimer.*

Dans sa joie de recevoir une lettre d'Helen, Anthony

s'était mis à la lire dans le hall, sans s'apercevoir qu'il y avait une autre lettre pour lui. Quand il avait terminé sa lecture, il était au comble de l'exaspération. Aussi, lorsqu'il avait lu le ridicule poulet d'Arthur Johnson, son impatience avait atteint un tel degré qu'il l'avait aussitôt déchiré en mille morceaux. A ce moment-là, Brian Kotowsky était survenu. Abandonné par son cher vieux copain, il l'avait pressé de l'accompagner au *Waterlily*. Anthony avait alors été obligé d'écouter une interminable dissertation sur l'horreur de l'état matrimonial et l'indépendance intolérable que le fait de travailler donnait à une épouse. Ce que Brian deviendrait après le départ de Jonathan, il l'ignorait. Anthony supporta stoïquement ses doléances durant une demi-heure.

En rentrant chez lui, il envisagea de monter rassurer Arthur. Le pauvre homme souffrait visiblement d'une névrose anxieuse aiguë. Une personne mieux équilibrée aurait seulement écrit : « Je m'excuse d'avoir ouvert votre lettre. » Les circonlocutions, les mots polysyllabiques avaient quelque chose de pathétique. Ils reflétaient un besoin intense de préserver son ego. On y décelait une paranoïa latente, un désir d'être bien jugé par tout le monde, y compris par des étrangers. Mais de tels hommes ne peuvent être rassurés. Ils sont trop intimement persuadés de leur nullité. Du reste, Arthur Johnson n'aimait pas que l'on s'occupe de lui, il serait probablement encore plus perturbé par ce qu'il considérerait comme une invasion de son intimité. Mieux valait attendre une rencontre fortuite.

Durant la semaine qui suivit, Anthony ne rencontra pas son homonyme mais il fut à nouveau accosté par les enfants à la sortie du métro.

– Un penny pour le Guy, M'sieu !

– Où allez-vous faire votre jeu de joie ? Dans le parc de Radclyffe ? demanda Anthony.

– Nous l'avons demandé, mais le gardien ne le permettra pas, le vieux sacripant ! Nous le ferons dans la cour de notre immeuble, si P'pa veut bien.

– La mère Winter a appelé les pompiers la dernière fois, rappela l'autre garçon.

Anthony leur donna dix pence et poursuivit son chemin. Son regard tomba sur un terrain vague entouré de fils de fer barbelés. Les autorités lui refusaient l'autorisation de travailler, mais pourquoi n'organiserait-il pas quelque chose de son propre chef ?

Pourquoi, en fait, ne pas prendre en main la célébration du 5 novembre et l'organisation du feu de joie sur ce terrain ? L'idée lui parut séduisante. Le terrain était assez central pour attirer les gosses de tout le quartier et suffisamment vaste pour qu'un feu de joie pût y être allumé sans danger. Le grand feu de joie de Kenbourne Vale. Cela pourrait même créer un précédent.

Il était six heures, le vendredi dix octobre. S'il voulait organiser la fête, il fallait s'y atteler dès le lendemain.

Assis à sa table, Anthony rassembla ses notes et se pencha sur sa thèse.

Ne pas classer comme schizophrène, les maniaques dépressifs et les paranoïaques. Leur condition ne peut se comparer. La caractéristique du psychopathe est de ne pouvoir entretenir de relations émotionnelles. Si celles-ci se forment, elles ne peuvent qu'être sporadiques et temporaires. Le psychopathe est innocent et insensible à l'amour. Il apprend à faire face à ses frustrations.

Avec un grésillement, l'ampoule électrique s'éteignit. Anthony jura. Pendant un moment, il resta assis dans l'obscurité, se demandant s'il devait faire appel à Jonathan ou aux Kotowsky, mais cela l'entraînerait dans de nouvelles beuveries. Le bruit de la porte qui s'était doucement refermée quelques minutes plus tôt lui avait appris le départ de Li-li. Il ne lui restait qu'à aller acheter une autre ampoule électrique. Heureusement, Winter ne fermait qu'à huit heures.

En se dirigeant vers la porte de l'immeuble, il entendit des pas sur le palier. Arthur Johnson. Mais, comme il hésitait en regardant l'escalier – c'était peut-être l'occasion de lui dire quelques mots – il vit l'ombre, qu'il n'avait fait qu'apercevoir, opérer une retraite précipitée. Avec un haussement d'épaules, Anthony sortit acheter son ampoule électrique.

VII

Arthur était persuadé avoir mortellement offensé Anthony Johnson et cela avait ruiné ses propres espoirs. Il ne lui restait qu'à attendre et surveiller. Tôt ou tard, « l'autre » Johnson devrait sortir le soir. Il s'absentait bien le jour et les samedis et dimanches, mais à quoi cela servait-il ? C'était la nuit dont Arthur avait besoin, la nuit pour lui donner l'illusion que le couloir, la cour et la cave étaient l'endroit désert qu'il désirait. La nuit et la solitude...

Il se rappelait de façon précise quand s'était éveillé en lui pour la première fois ce besoin d'obscurité. Il avait douze ans. Tante Gracie avait reçu deux amies pour le thé et elles étaient assises autour de la table, buvant et mangeant dans le service en porcelaine qu'il avait sorti en vain pour Anthony Johnson. Elles parlaient de lui. Il aurait aimé se réfugier dans sa chambre, mais on ne le lui permettait pas, sauf pour se coucher. Dès qu'il était au lit, tante Gracie éteignait la lumière et lui défendait de rallumer. Une lampe restait éclairée sur le palier aussi Arthur n'avait-il pas peur.

Mrs Goodwin et Mrs Courthope étaient deux amies de tante Gracie. Arthur devait rester assis et être sage. Elles parlaient d'un garçon sans le nommer et ce devait être lui d'après les regards mystérieux qu'elles échangeaient.

– Naturellement, cela marque un enfant d'un stigmate dont il ne peut jamais se débarrasser, dit Mrs Goodwin.

Au lieu de répondre, tante Gracie ordonna :

– Va dans la salle à manger chercher une petite cuillère dans le buffet, Arthur, une des jolies avec le chiffre.

Arthur s'en alla. Il ne ferma pas la porte derrière lui, mais l'une des femmes se leva pour le faire. La lumière était allumée dans le hall aussi n'alluma-t-il pas dans la pièce et, en conséquence, il se trompa de tiroir. Au même instant, une souris surgit sur le coin du buffet et se glissa dans le tiroir ouvert. Arthur le referma. Il prit la cuillère demandée dans l'autre tiroir et resta là, immobile, la cuillère à la main, le cœur battant. La souris courait dans le tiroir en poussant de petits cris semblables à ceux d'un oisillon, mais c'était un cri de douleur et de détresse. Arthur ressentit une immense satisfaction qui était presque du bonheur. Il faisait sombre, il était seul et il avait en son pouvoir un être vivant qu'il pouvait laisser mourir.

Assez curieusement, tante Gracie et ses amies ne parurent pas remarquer le temps qu'il lui avait fallu pour ramener la cuillère. Après le départ de Mrs Goodwin et de Mrs Courthope, Arthur aida tante Gracie à faire la vaisselle. Elle l'envoya ranger l'argenterie, ce qui était aussi bien car si elle y était allée elle-même, elle aurait entendu la souris. Celle-ci avait cessé de crier et on n'entendait plus que de faibles grattements. Arthur n'ouvrit pas le tiroir.

Lorsqu'il l'ouvrit enfin deux jours plus tard, la souris était morte, parmi des rouleaux de serviettes et quelques couverts dont on ne se servait pas. La souris ne l'intéressait plus. Il laissa tante Gracie la découvrir une semaine après avec de grands cris de frayeur et de dégoût.

L'obscurité. Il pensait souvent, en ce temps-là, à la frayeur de la souris enfermée dans l'obscurité et à sa propre omnipotence. Comme il aurait aimé sortir dans les rues la nuit ! Mais, même lorsqu'il commença à travailler, tante Gracie exigeait qu'il rentrât directement à la maison. Il devait obéir et être digne d'elle. De plus, la tromper était une entreprise considérable. Aussi ne sortait-il le soir qu'en sa compagnie. Une fois par semaine, ils allaient à l'Odéon – qui s'appelait maintenant le *Taj Mahal.*

Un jour pourtant, Mr Grainger l'appela, alors qu'il balayait la cour à cinq heures et demie, et l'envoya de l'autre côté de Kenbourne pour chercher un vilebrequin qu'un ouvrier négligeant avait oublié chez un client. Il préviendrait Miss Johnson en passant.

Arthur alla chercher l'outil. On était au cœur de l'hiver et la nuit lui parut encore plus agréable qu'il ne l'avait pensé. Il faisait tellement sombre dans les rues à cette époque ! Le black-out, l'obscurité totale du temps de guerre ! Dans le noir, il se heurtait à des gens. Certains tenaient des torches électriques. Dans une petite ruelle, disparue depuis longtemps, il entra en collision avec une jeune fille qui se dépêchait. Qu'est-ce qui le poussa à la toucher ? Ah ! s'il l'avait su, il aurait connu la réponse à bien des questions ! Donc, il l'avait touchée. Il était déjà aussi grand qu'un homme. Il avait effleuré sa joue de la main. Le cri qu'elle avait poussé était plus doux à ses oreilles que les cris de la souris.

Il l'avait dévisagé dans l'obscurité, submergé par une émotion qu'il ne pouvait contrôler. Il savait ce qu'il avait envie de faire, mais une pensée l'arrêta. Il avait lu les journaux, écouté la radio. Il savait ce qui arrivait aux gens qui ne se maîtrisent pas. Sans aucun doute, il valait mieux qu'il ne sortît pas seul le soir. Tante Gracie savait mieux que lui ce qui convenait de faire. C'était à se demander si elle n'avait pas deviné... mais bien sûr, jamais elle n'aurait soupçonné une chose pareille...

Au cours des derniers quinze jours, il avait été troublé par ses rêves, conséquence de sa frustration. Chaque soir, à onze heures, avant de se mettre au lit, il avait jeté un dernier regard dans la cour éclairée par la lumière de la chambre. Au surplus, Anthony Johnson n'avait cessé de l'éviter. Arthur n'aurait même pas su qu'il était dans la maison, sans l'arrivée de ces lettres de Bristol qui disparaissaient de la table du hall et sans cette lumière toujours allumée.

Puis, un vendredi soir, juste avant huit heures, la lumière s'éteignit. Prenant sa torche, Arthur sortit de son appartement et descendit l'escalier à pas de loup. Il hésita en arrivant sur le palier quand il vit Anthony Johnson apparaître dans le hall. Arthur se recula précipitamment et la porte de l'immeuble se referma presque aussitôt. A travers les vitraux rouges et verts, il vit Anthony Johnson s'éloigner à grands pas.

Personne, pensa Arthur, ne sortirait à cette heure sans avoir l'intention de rester un moment dehors. Il continua à descendre, laissant le temps au locataire de la chambre N° 2 de s'éloigner.

Il n'y avait pas de lune. L'obscurité était totale. Arthur s'engagea dans le couloir qui, dans son imagination, ressemblait à une venelle sombre et traversa la cour. Le bruit assourdi de la circulation ne servait qu'à accentuer l'illusion. Tous les muscles de son corps tendus, il ouvrit la porte de la cave.

Il y avait maintenant trois semaines qu'il n'était pas venu là et après tant de crainte et d'angoisse, il ressentait un plaisir voluptueux inhabituel. C'était presque aussi fort qu'avec Maureen Cowan et Bridget O'Neill. Sa torche à la main, il avança lentement entre les piles de journaux et les bouteilles vides. Il arriva enfin dans la troisième cave où elle attendait.

Ses réactions variaient selon son humeur et sa tension. Parfois, elles n'étaient que l'instrument de sa théraphie, un rapide apaisement, mais parfois, quand la contrainte l'avait trop longtemps oppressé et que le besoin était devenu urgent, le fantasme devenait réalité. Il en était ainsi maintenant. Il n'était pas dans une cave de Trinity Road, mais dans une sombre venelle entre le mur d'une usine et celui d'un cimetière. Ce n'était pas un mannequin, mais une femme vivante qui attendait son amant. La lumière de la torche tomba droit sur elle, faisant briller ses yeux vides, et formant des ombres sur son visage. Il resta immobile, mais il aurait juré qu'elle avait bougé. Elle ne pouvait lui échapper. La torche était un réverbère brillant dans l'ombre. Soudain, il l'éteignit. Le silence total, l'obscurité totale. Elle essayait de fuir. Sûrement, car en avançant dans le noir, il ne la trouva pas.

Il sentait l'humidité du mur de brique sous ses doigts. Il longea le mur; sa respiration était devenue courte et sifflante. Puis ses mains touchèrent sa robe, remontèrent jusqu'à son cou... il était doux et chaud sous ses doigts, comme celui de Bridget O'Neill. Était-ce elle ou lui qui poussa un cri étouffé? Cette fois, il utilisa sa cravate pour l'étrangler, la serrant jusqu'à ce que ses doigts lui fissent mal...

Il fallut longtemps à Arthur pour se ressaisir – environ dix minutes ce qui était beaucoup plus que d'habitude, mais l'action avait été plus satisfaisante que d'ordinaire et il fallait s'y attendre. Il la redressa dans sa position habituelle contre le mur, ramassa sa torche et revint vers la porte de la cave. Avec précaution, il l'ouvrit. La fenêtre de la chambre N° 2 était toujours dans l'obscurité. Parfait! Excellent!

Il sortit dans la cour et se retourna pour fermer la

porte derrière lui. Au même instant, toute la cour s'illumina et cette lumière était aussi terrifiante pour lui que la torche d'un policier sur un voleur pris la main dans le sac. Il se força à se retourner lentement, s'attendant à rencontrer le regard d'Anthony Johnson.

D'abord, il ne vit que l'intérieur de la chambre, les murs vert sale, la table bancale, surchargée de livres, le lavabo à fleurs et cette lumière brillante à l'intérieur de l'abat-jour qui, pour une raison inconnue, se balançait comme un pendule. Puis Anthony Johnson apparut sous la lampe, traversa la pièce. Maintenant, il le regardait. Arthur n'attendit pas. Il se hâta de traverser la cour, tête baissée, une brusque rougeur envahissant sa tête et son cou. Il se pressa dans le couloir, entra dans la maison et grimpa lestement l'escalier.

Une fois dans son appartement, il se laissa tomber dans un fauteuil. Vesta Kotowsky était montée en son absence et avait glissé son loyer sous la porte, mais il était si bouleversé qu'il laissa l'enveloppe par terre. Ses mains étaient agitées d'un tremblement.

Anthony Johnson était revenu en moins d'une demi-heure. Il semblait presque que ce fut un piège destiné à surprendre Arthur... mais comment aurait-il pu savoir? Maintenant, il allait se douter de quelque chose. Il cherchait probablement une façon de le punir d'avoir décacheté son courrier. A première vue, cette lettre n'avait pas semblé aussi personnelle que celles venant de Bristol. Qu'est-ce qui pouvait expliquer la façon rageuse avec laquelle il avait déchiré sa lettre d'excuse? Que penser de cette sortie, suivie de cette illumination, au moment précis où Arthur émergeait de la cave?

L'euphorie ressentie quelques instant plus tôt était totalement effacée. Arthur passa une mauvaise nuit. Il transpira abondamment si bien que ses draps roses sentaient mauvais et il les changea avec dégoût. Li-li avait également glissé son enveloppe sous la porte dans la nuit. A neuf heures et demie, il avait rassemblé toutes les enveloppes – celles des Kotowsky, Vesta insistant pour régler la moitié du loyer séparément de son mari – et il s'assit en bas pour attendre Stanley Caspian. Plus de loyer de Jonathan Dean qui devait s'en aller aujourd'hui, Dieu merci, et aucun à récolter, Dieu merci !, d'Anthony Johnson qui avait réglé deux mois d'avance.

Le hall était froid et humide. Il faisait une matinée brumeuse, un avant-goût de l'hiver proche. Stanley fit son entrée à dix heures dix. Il portait un blouson écossais qui semblait avoir été confectionné dans une couverture de voyage et il tenait à la main un sac en cellophane contenant son casse-croûte. Stanley commença par ouvrir le sac de victuailles en déclarant :

– Branchez la bouilloire, mon vieil Arthur. Voulez-vous un croque-monsieur ?

Arthur se râcla la gorge.

– Non merci. Je suis descendu à la cave hier soir pour chercher un tournevis. Les plombs avaient sauté.

Il s'efforçait de parler d'une voix naturelle.

– Vous vous plaignez sans arrêt depuis quelque temps, Arthur. D'abord c'était la poubelle, maintenant l'électricité. Je suppose que c'est votre façon de me dire que je devrais faire des réparations.

– Pas du tout. Je vous expliquais seulement pourquoi je m'étais rendu à la cave. Ceci au cas... au cas ou quelqu'un s'imaginerait que je faisais le voyeur.

Stanley ramassa quelques miettes tombées sur son gros ventre.

– Peu m'importe que vous alliez à la cave, mon vieil Arthur, menez-y un bal, invitez-y des filles ; si vous aimez passer la soirée dans la cave, c'est votre affaire, non ?

Assez curieusement, bien qu'il ait eu seulement l'intention de faire de l'esprit, Stanley était tombé bien près de la vérité. Arthur rougit. Il en tremblait presque tandis que Stanley remplissait son livre de compte. Arthur prit son enveloppe en murmurant une excuse et se dirigea vers l'escalier. Il était arrivé au premier palier quand il entendit Anthony Johnson sortir de sa chambre et employer ses propres paroles – il avait dû écouter derrière la porte, le traître ! – pour déclarer :

– Je suis descendu à la cave hier soir.

VIII

Winter manquant d'ampoules électriques, Anthony s'était vu contraint de se rendre jusqu'au supermarché qui était ouvert jusqu'à minuit. Cette promenade le détourna de son travail et quand il vit Arthur Johnson surgir de la cave, il fut intrigué et alla faire une investigation. Il n'était entré que dans la première cave, mais c'était suffisant.

Stanley Caspian éclata d'un rire qui secoua son gros ventre.

– Je suppose que vous cherchiez un tournevis ?

Anthony haussa les épaules. Ce rire graveleux, chez un homme de l'âge et de la corpulence de Caspian, l'écœurait.

– Vous avez tout un tas de bois et de vieux cartons en bas, si vous n'en faites rien, pourrais-je les prendre ? C'est pour le feu de joie de Guy Fawkes.

– Servez-vous. Il semble que tout le monde s'intéresse à ma cave tout à coup. J'espère que vous n'avez pas l'intention d'allumer le feu de joie dans ma cour ?

Anthony le remercia et l'assura qu'il avait un endroit plus approprié en vue, puis il laissa Caspian à ses comptes pour aller à la station de métro où les enfants étaient à leur poste. Il y avait même un petit noir avec eux. Les autres enfants reconnurent Anthony et vinrent lui dire bonjour.

– Pourquoi ne ferions-nous pas un feu de joie sur le

terrain vague, demanda-t-il, si cette idée vous plaît, nous en parlerons à vos parents.

Leroy, le petit noir, vivait avec sa mère dans un appartement de Brasenose. Linthea Carville était une Antillaise, assistante sociale à mi-temps, ce qui lui donna des affinités immédiates avec Anthony, mais de toute façon, il aurait été attirée par elle. Cette grande fille des dieux africains, avec son visage aux traits purs taillés dans de l'ébène et sa chevelure satinée qu'elle portait en un épais chignon sur le haut de la tête, était une véritable beauté. Il lui exposa son plan et en quelques minutes, ils étaient rejoints par des voisins blancs et le président du syndicat des locataires de Brasenose ainsi que par la mère du grand ami de Leroy, Steve.

L'idée d'Anthony enthousiasma le président. Depuis des mois son association militait pour que ce terrain fût mis à la disposition des enfants pour y organiser des jeux.

Ils allaient préparer une grande fête pour le cinq novembre et inviteraient un représentant du Conseil Municipal. Linthea proposa de confectionner des hotdogs et des sandwiches et enrôla la mère d'un autre enfant, David, pour l'aider. Quand Anthony lui parla du bois qu'il pourrait récupérer dans la cave, Steve déclara que son frère aîné possédait une brouette pour le transporter le samedi suivant.

Puis ils discutèrent de l'effigie de Guy Fawkes. La mère de Steve annonça qu'elle avait un vieux costume de son mari pour l'en affubler. Linthea servit un excellent café très fort et il était presque l'heure du déjeuner quand Anthony revint chez lui. Il avait oublié que c'était le jour du départ de Jonathan Dean. Le déménagement était commencé. Jonathan et Brian descendaient des caisses qu'ils entassaient dans la voiture de Brian. Vesta était invisible.

– Je vais vous donner un coup de main, proposa imprudemment Anthony.

Il le regretta aussitôt quand Brian lui asséna une tape sur le dos en affirmant qu'après la désertion de Jonathan, il saurait vers qui se tourner s'il avait besoin d'un copain.

Comme Anthony, Jonathan ne possédait pas de meubles, mais il avait une certaine quantité de disques et quelques livres parmi lesquels le plus lourd et, visiblement le plus lu, était le « dictionnaire des citations » d'Oxford.

Ils s'arrêtèrent de travailler pour manger sur le pouce le poisson et les frites que Brian était allé acheter, en écoutant un disque de Strauss, passé à une telle puissance, qu'Anthony s'attendait à voir apparaître d'une minute à l'autre Arthur Johnson pour se plaindre. Mais il ne se manifesta pas, même quand Jonathan fit tomber une caisse d'épicerie dans l'escalier.

Ils durent faire plusieurs voyages. La nouvelle chambre de Jonathan était beaucoup plus petite que celle qu'il avait occupée au 142 et elle était située dans un des immeubles les plus sordides de South Kenbourne. Qu'est-ce qui avait bien pu pousser Jonathan à déménager? Cette question semblait rendre Brian aussi perplexe qu'Anthony. Pourquoi ne pas revenir sur sa décision, même au dernier moment? Caspian accepterait certainement de lui restituer sa chambre s'il le lui demandait.

– Non, il refuserait, répondit Jonathan, il a déjà loué à un certain As de Pique, et il ajouta, comme Cicéron, mais avec moins d'à-propos *O tempora! O mores!*

Il ne restait plus que le magnétophone. Anthony proposa de le mettre dans une boîte en carton qu'il avait trouvée dans son armoire. La vue des livres impressionna Brian et dès qu'il eût compris qu'Anthony écrivait une thèse, il prit l'attitude qu'il aurait eue s'il avait appris qu'Anthony écrivait un roman policier.

– Il existe un sujet d'étude tout trouvé pour vous ici, dit-il tandis qu'il passait devant le cimetière, c'est là que le Tueur de Kenbourne a tué sa première victime, Maureen Cowan, il y a vingt-cinq ans.

– Dans ce cimetière?

– Non, dans un sentier qui longe sa partie nord. Beaucoup de gens l'empruntent comme raccourci. Il s'agissait d'une prostituée, je n'étais qu'un gamin à l'époque, mais je m'en souviens fort bien.

– Un gamin? dit Jonathan, tu plaisantes! Tu avais treize ans!

Brian parut vexé, mais ne répondit pas.

– Le coupable n'a jamais été retrouvé. Il a recommencé cinq ans plus tard. Cette fois, il s'agissait d'une infirmière nommée Bridget quelque chose. Une Irlandaise. Il l'a étranglée dans un terrain vague entre l'hôpital et le pont du chemin de fer. Croyez-vous qu'il s'agissait d'un psychopathe, Tony?

– C'est possible. Était-ce le même homme dans les deux cas?

– Oui, selon la police, mais il n'y a plus eu d'autres meurtres, en tout cas inexpliqués. Qu'en pensez-vous, Tony?

– Il a probablement changé de quartier, dit Anthony que la conversation ennuyait, ou bien, il est mort, ajouta-t-il, car il avait à peine un an quand le premier crime avait été commis.

– Ou bien encore il a été envoyé en prison pour une autre raison, reprit Brian. Je me suis demandé s'il ne reviendrait pas pour frapper encore. Il s'arrêta pour garer la voiture devant le nouveau logement de Jonathan. Quel trou! Si tu changes d'idée, Jon, mon cher vieux, il est encore temps. Tu pourrais venir habiter à la maison. Je te prêterai mon lit.

– Seigneur! soupira Jonathan, il en naît un chaque minute!

Il débite cette platitude comme si c'était une citation, pensa Anthony, et ça l'était peut-être?

Ils l'invitèrent à les accompagner au *Grand Duc,* mais Anthony refusa. Il était près de cinq heures. Il rentra chez lui et lut l'exposé de J. G. Miller intitulé *« Aperçu sur le comportement de base du psychopathe neurotique ».*

De son poste d'observation à la fenêtre du living-room, Arthur vit le nouveau locataire de la chambre N° 3 arriver le dimanche après-midi. D'abord, il pensa que ce devait être un visiteur, ami discutable de Li-li ou d'Anthony Johnson, car il ne se souvenait d'aucun locataire débarquant dans ce style. L'homme était aussi noir que le taxi d'où il descendit, et pas seulement noir de peau et de cheveux. Il portait une veste de cuir noir qui – même de loin – paraissait coûteuse et il tenait à la main deux grandes valises en cuir noir. Aux yeux horrifiés d'Arthur, il ressemblait à quelque gangster de la politique Haïtienne. Il avait vu de tels individus à la télévision et il n'aurait pas été surpris d'apprendre qu'il cachait sous sa veste deux revolvers et un poignard.

De toute évidence il venait dans l'immeuble, mais invité par qui? Arthur entrouvrit sa porte et écouta. La porte d'entrée se referma doucement; des pas traversèrent le hall et montèrent l'escalier. Il glissa un œil dehors, à temps pour voir une main sépia, portant une chevalière en or, mettre la clef dans la serrure de la chambre N° 3. Il était fou de colère! Une fois de plus Caspian n'avait pas pris la peine de lui dire à qui il avait loué la chambre.

Le mardi, Arthur apprit le nom du nouveau locataire. Il y avait une pile de lettres ce matin-là. Une pour Li-li de Taïwan, expédiée par Chan Ha Feng, deux pour Anthony Johnson, l'une venant de York, l'autre étant l'enveloppe mauve. Arthur avait remarqué que ces dernières arrivaient toujours le mardi ou le mercredi et étaient toujours adressées à Mr A. Johnson Esq. 2/142 Trinity Road alors que Mrs R. J. Johnson avait le bon sens d'ajouter « Chambre N° 2 ». Tout le reste du courrier était adressé à Mr Winston Mervyn Esq. 3/142 Trinity Road. Winston ! Quelle audace de baptiser l'un des petits-fils de quelque esclave antillais du nom du plus grand Anglais du siècle ! Il semblait à Arthur que ce noir présomptueux ajoutait encore à l'effronterie en recevant des lettres – cinq enveloppes – si tôt après son arrivée, afin sans doute de jouer les importants.

Mais il ne vit pas le nouveau locataire et ne l'entendit pas, bien qu'il se fût attendu à l'entendre jouer du tam-tam.

Comme Anthony l'avait prévu, le départ de Jonathan Dean fut l'occasion pour Brian de lui mettre le grappin dessus. Soir après soir, il venait frapper à sa porte en le suppliant d'aller boire un verre avec lui à la taverne.

Au bout de la quatrième fois, Anthony refusa.

– J'ai du travail. Je regrette, mais je ne peux sortir.

Brian lui adressa un regard de chien battu.

– Je suppose que cela signifie que vous ne m'aimez pas. Je vous ennuie. Vous pouvez bien l'admettre : je suis ennuyeux. Je devrais le savoir. Vesta me l'a répété assez souvent.

– Puisque vous voulez le savoir, oui cela m'ennuie de sortir pour me soûler tous les soirs. Du reste, je n'en ai pas les moyens. Venez passer un petit moment ici demain soir. J'aurai de la bière.

Un peu réconforté, Brian déclara qu'il était un vrai copain et le vendredi il arriva à cinq heures tapantes avec une bouteille de vodka et une bouteille de vermouth français sous le bras. Anthony avait bonne mine avec ses six malheureuses boîtes de bière! Brian parla de son travail sur le mode larmoyant. Il vendait des meubles anciens dans un magasin appartenant au frère de Vesta. Il se plaignit de toujours vivre en meublé, du refus de Vesta d'avoir des enfants, de ses absences perpétuelles le soir – pire que jamais cette semaine – et de son problème concernant la boisson. Anthony pensait-il qu'il était alcoolique?

Anthony le laissa parler, répondant par monosyllabes. Il songeait à la dernière lettre d'Helen. C'était très joli de prétendre que l'absence fortifierait l'amour, mais on pouvait aussi bien dire loin des yeux, loin du cœur! Il ne s'était pas attendu à ce que ses lettres fussent à ce point remplies des malheurs de Roger. Ils n'avaient jamais parlé de lui au cours de leurs rencontres clandestines pendant que Roger était parti en voyage d'affaires. Maintenant, il n'était plus question que de Roger.

« Je me demande s'il ne vaudrait pas mieux que nous nous oublions, nous le pourrions, Tony, même moi que tu appelles une hyper-romantique. L'histoire d'amour de Troïlus et Cressida est belle, mais toi et moi savons qu'elle n'est pas réelle. Nous savons que nous pourrions continuer à vivre. Tu épouserais une femme libre et je redeviendrais fidèle à Roger. Je crois que je ne peux me décider à affronter le chagrin et la violence de Roger. Ce ne serait pas qu'un moment difficile à passer, j'y penserais pendant des mois et des années. On ne bâtit pas son bonheur sur le malheur des autres.

Stupidité, illogisme! pensait Anthony. Helen et lui ne pourraient continuer à s'aimer pendant des années et Roger le pourrait. De tous les sophismes irréalistes...

Il répondit à Brian « oui » et « je vois » sur tous les tons et en arriva à ne plus pouvoir le supporter. Il le mit à la porte avec deux bouteilles vides sous le bras.

N'ayant bu lui-même que deux boîtes de bière, il se mit au travail et écrivit jusqu'à deux heures du matin. La toux rauque de Stanley Caspian l'éveilla à dix heures. Il attendit que celui-ci et Arthur Johnson fussent partis pour aller dans la salle de bains.

Heureusement, il se trouvait dans le hall quand Linthea Carville, accompagnée de son fils et de Steve, arriva, car elle avait sonné chez Arthur Johnson. Anthony vit leurs silhouettes se dessiner à travers les vitraux et il songea qu'il devrait inscrire son nom sous sa propre sonnette. Il sortit pour les accueillir et les emmena à la cave.

Linthea avait apporté une torche électrique et deux bougies et les garçons une brouette. Ils ne descendirent pas la brouette, mais montèrent de pleines brassées de bois.

Anthony fut impressionné par la force de Linthea. Elle avait un corps parfait, musclé et cependant mince et souple. Le jean et le pull-over qu'elle portait ne cachaient rien de ses courbes gracieuses et il se prit à la regarder avec un plaisir un peu coupable.

– Il y a plus de bois que je ne pensais, dit-il, nous serons obligés de faire un second voyage.

Ils avaient laissé les enfants faire le plus gros du travail, sachant qu'ils s'en tireraient mieux qu'eux. Quand la deuxième brouette fut pleine, ils leur permirent d'explorer le reste de la cave, puis Linthea appela :

– Leroy, où es-tu?

Une vois étouffée répondit « M'man » sur un ton effrayé.

David et Steve étaient assis sur une boîte renversée, la torche électrique entre eux, dans la première cave. Ils se mirent à rire en voyant Linthea, une bougie à la main, pénétrer dans la deuxième cave. Anthony la suivit et quand, à l'entrée de la troisième cave, sa bougie éclairant faiblement la pièce, elle s'arrêta en poussant un cri de terreur, il la saisit par les épaules.

Sa peur fut brève. Le cri se termina par un éclat de rire et elle courut attraper son fils qui se cachait dans un coin. Alors seulement, il vit ce qui l'avait effrayée. Dans la lueur dansante de la bougie, une silhouette se détachait contre le mur, un sac à main passé sur son bras raide.

– Tu as voulu donner une crise cardiaque à ta pauvre mère, dit Linthea à son fils, mais tu as eu peur, toi aussi, je le sais.

– Ils sont venus là tous les trois, dit Anthony, je me demande comment ce mannequin se trouve là?

Il s'en approcha en regardant avec curiosité le visage aux yeux fixes et le sillon profond autour du cou. Ce mannequin avait quelque chose d'obcène. Il eut envie de le jeter à terre, mais il se contint et détourna les yeux. Les autres l'attendaient avec la torche et les bougies en haut de l'escalier.

IX

Novembre était la date limite qu'Anthony avait imposée à Helen pour prendre une décision. On approchait du début novembre et il devait lui téléphoner le mercredi trente octobre. La dernière lettre qu'il avait reçue s'étendait moins sur les sentiments de Roger et davantage sur les siens. Elle s'attendrissait sur leur amour, éveillant en lui une nostalgie qu'il croyait éteinte. Il avait l'intention d'évoquer les moments délicieux passés ensemble et pour cette raison, il ne souhaitait pas que la conversation fût entendue des Kotowsky, de Li-li, ou du nouveau locataire qu'il avait aperçu deux ou trois fois.

Pourquoi ne pas demander à Linthea Carville de lui permettre de téléphoner de chez elle? Cette requête aurait un double avantage : il s'assurerait une complète intimité et l'explication de sa situation avec Helen renforcerait l'amitié grandissante entre lui et Linthea.

Mais le vingt-neuf octobre, il n'était plus dans les mêmes dispositions. Le matin, il découvrit l'enveloppe d'Helen au milieu d'une pile de lettres adressées à Winston Mervyn. Il la décacheta et lut avec un amer désappointement :

Mercredi quand tu me téléphoneras, je sais que tu vas me demander de prendre une décision. Tony, c'est impossible, je ne le peux pas. Roger et moi avons vécu un week-end terrible. D'abord, il a commencé par me questionner sur mon emploi du temps durant les deux semaines qu'il a passées aux États-Unis en juin. Je lui avais dit que j'étais allée chez ma sœur pour un week-end. Il a découvert, par mon beau-frère que je n'étais pas chez eux. Il a proféré des menaces, mais surtout il s'est montré pathétique. Dès que j'ai été couchée, il est venu dans ma chambre, m'accablant de ses malheurs, me rappelant qu'il m'avait attendue des années et qu'il ne pouvait supporter d'être écarté de ma vie. Cela a duré des heures. Je sais que c'est du chantage, mais la plupart des gens cèdent au chantage, n'est-ce pas?

Il était heureux maintenant de n'avoir rien demandé à Linthea. Accepterait-il la gageure? Peut-être. Car cette belle Antillaise l'attirait de plus en plus depuis qu'il avait déjeuné avec elle et Leroy et qu'ils s'étaient rencontrés à nouveau à l'Association des locataires le dernier samedi après-midi. Si, comme il le semblait, il allait perdre Helen en faveur de ce tireur de foire, il n'avait aucune raison de gâcher ses chances avec Linthea qui, elle, ne paraissait avoir aucun mari à l'horizon.

Avec quelque rancœur, il songea que peu lui importait maintenant que l'on entendît sa conversation téléphonique. Quelqu'un qui ne l'écouterait pas, en tout cas, était Vesta Kotowsky qu'il croisa en sortant du métro. Il s'arrêta à un kiosque pour acheter un journal et un paquet de Malboro. Il aurait besoin de monnaie pour téléphoner.

Sa voix était tendue quand elle répondit, mais c'était *sa* voix, qu'il n'avait pas entendue depuis un mois et elle eut pour effet de calmer momentanément sa colère. Helen avait une voix si douce, si féminine, si cultivée! Il voyait les lèvres en forme de cœur qui prononçaient les mots, puis il se souvint combien cette situation était devenue cruciale.

– J'ai reçu ta lettre.

– Es-tu très fâché, Tony?

– Bien sûr, je suis fâché, Helen. Je n'en peux plus! Je crois que je préfère renoncer à toi que de continuer à vivre dans cette cruelle incertitude. Tu as raison, nous oublierons. Je ne peux...

Il s'interrompit. La porte des Kotowsky s'ouvrit. Brian sortit et mima, de façon ridicule, le geste de porter un verre à ses lèvres.

– Je ne peux pas ce soir, dit Anthony.

– Que dis-tu? demanda Helen.

– Je parlais à quelqu'un. Ce téléphone est public. Oh! Bon sang! cria-t-il en glissant une pièce de monnaie dans l'appareil. Allô? Helen, ne peux-tu m'appeler à ce numéro ...

– Non, car je serais obligée de fournir des explications à Roger quand la note arrivera.

Il y eut un moment de silence. Anthony constata :

– Tu seras donc encore là quand cette note arrivera.

– Je n'en sais rien, Tony. Je pensais que si tu venais pour Noël, nous pourrions nous voir et discuter calmement. Tu comprendrais combien il est difficile...

– Il n'est pas question que je vienne pour te voir une demi-heure par jour à la sauvette. Pourquoi ne pas revenir à Pâques ou à la Trinité? Inutile de tergiverser, je ne serai jamais le petit chien qui obéit aux ordres de sa maîtresse.

Il dut rajouter des pièces et annonça :

– Je n'en aurai pas d'autres.

– Je t'aime, Tony, tu le sais.

– Non, je ne le sais pas. Cesse de pleurer, s'il te plaît, car ceci est important. Ta prochaine lettre sera décisive. Si tu décides de venir me rejoindre, nous trouverons un endroit pour vivre et je m'occuperai de toi. Tu n'auras rien à craindre de Roger parce que je serai là. Il acceptera le divorce quand il comprendra notre détermination. Mais cette lettre sera ta dernière chance. J'en ai assez. Je ne peux plus supporter cet atermoiement continuel. Bientôt, il sera trop tard. Souviens-toi qu'il existe d'autres femmes au monde.

Et quand je t'entends déclarer que tu crains les notes de téléphone qui arriveront dans trois mois, je me demande s'il n'est pas déjà trop tard.

Un sanglot lui répondit, aussitôt coupé par la tonalité du téléphone. Il raccrocha d'un geste rageur. Mais dans le silence qui suivit, il s'appuya contre le mur, la respiration courte, comme s'il venait de courir un cent mètres. Dans sa main, il tenait une dernière pièce de monnaie. Il se calma et composa le numéro de Linthea.

Dès qu'elle reconnût sa voix, elle l'invita à venir prendre le café. Anthony hésita. Sa conversation avec Helen devenait floue dans son esprit. Il ne se souvenait plus s'il lui avait ou non donné son numéro de téléphone. S'il l'avait fait, rappellerait-elle? Non, il n'irait pas chez Linthea, mais Linthea ne viendrait-elle pas chez lui? Volontiers, le temps de demander à sa voisine de surveiller Leroy.

Arthur avait écouté la plus grande partie de la conversation, mais n'ayant pas entendu les réponses, il ignorait si Anthony Johnson avait ou non l'intention de sortir. Mon Dieu, faites qu'il sorte! pria-t-il.

Cependant, la lumière de la chambre N° 2 continua à illuminer la cour. Il entendit la porte d'entrée s'ouvrir et se refermer, puis il vit ce qu'il n'avait encore jamais vu : l'ombre de deux têtes. Celle d'Anthony et une autre, plus petite, surmontée d'un chignon. Arthur se détourna, tout son corps secoué d'un tremblement nerveux. Il souleva l'édredon rose et saisit les oreillers, l'un après l'autre pour les étrangler en serrant si fort que ses ongles s'enfoncèrent dans sa chair. Mais cela ne lui apporta aucun apaisement et après cet accès de violence inutile, il resta étendu sur le lit, pleurant à chaudes larmes.

Linthea portait une longue jupe noire brodée de fleurs oranges et un poncho jaune. Elle avait piqué des petites épingles dorées dans son chignon.

– Je me suis habillée pour vos invités, déclara-t-elle.

Il fut un peu vexé qu'elle ne se fût pas mise en frais pour lui.

– Je n'attends personne. Qu'est-ce qui a pu vous donner cette idée?

Elle souleva ses sourcils dans un arc parfait.

– Vous n'avez pas voulu venir chez moi... Oh! je vois! Vous aimez tellement cette exquise petite chambre, avec son mobilier désuet et sa cave d'un autre monde, que vous ne pouvez la quitter! Savez-vous que cet abat-jour ressemble à un bateau de guerre portugais?

Il éclata de rire.

– Je croyais que c'était une méduse, mais j'ignorais de quelle nationalité! En réalité, je n'ai pas voulu sortir parce que je vais peut-être recevoir un coup de téléphone.

– Ah!

– Non, il n'y a pas de « ah! ». Anthony brancha la bouilloire et sortit deux tasses à thé. Je vous expliquerai un jour. Pour le moment, parlez-moi de vous.

– Il n'y a pas grand chose à dire. J'ai vingt-neuf ans. Je suis née à Kingston à la Jamaïque. Je suis venue ici avec mes parents à l'âge de dix-huit ans. J'ai fait des études pour devenir assistante-sociale. J'ai épousé un médecin. Elle baissa les yeux et ajouta: il est mort d'un cancer, il y a trois ans.

– Je suis navré.

– Oui, soupira-t-elle. Elle prit la tasse qu'Anthony lui tendait et demanda: et vous?

– Moi? Je suis l'éternel étudiant.

Il n'eut pas plus tôt prononcé ces paroles qu'il se souvent que c'était Helen qui le qualifiait ainsi, apparemment d'après Chekhov. Elle n'allait pas le rappeler. Plus maintenant. Il parla de sa thèse à Linthea, mais lui reprit ses notes quand elle voulut les lire.

Dans ses actes de cruauté, envers les enfants ou les animaux, le psychopathe ne ressent aucune culpabilité. Il se sent davantage coupable devant son échec à poursuivre des actions routinières qui, prises dans le contexte de bénéfice pour la société, sont virtuellement sans signification.

Non, ce n'était pas de cela qu'il voulait parler ce soir. Dommage qu'il n'y eut pas un divan dans la pièce, mais seulement un fauteuil et deux chaises à dossier droit. Il s'assit sur ce siège appelé « pouf » parce qu'il pouvait ainsi, sans qu'il y parut, se rapprocher d'elle. Il en était arrivé au point où il commençait à nourrir l'illusion d'être détaché d'Helen, quand on frappa à la porte.

Il ouvrit avec brusquerie. Sur le seuil se dressait le nouveau locataire de la chambre N° 3, un grand bel homme qui ressemblait à Mohammed Ali.

– Je suis extrêmement désolé de vous déranger, dit Winston Mervyl dans un anglais académique, très différent de l'accent ensoleillé des Antilles de Linthea. Je me demande si vous pourriez me prêter un peu de sel.

– Bien sûr. Entrez.

Ce n'était donc pas le téléphone. Naturellement, il n'avait pas donné son numéro à Helen, il s'en souvenait fort bien maintenant.

Winston Mervyn entra. Il s'approcha de Linthea qui – si c'est possible pour une négresse – avait pâli. Elle se leva et tendit la main en disant :

– C'est incroyable ! Quelle coïncidence !

– Ce n'est pas tout à fait une coïncidence, répondit le visiteur, le sel n'était qu'un prétexte. Je vous ai vue entrer.

– Comment se fait-il que vous habitiez cette maison ? Se tournant vers Anthony, elle expliqua : nous nous connaissions à la Jamaïque et nous ne nous étions pas revus depuis douze ans !

X

Dans la boîte aux lettres se trouvaient trois lettres pour Winston Mervyn, une facture pour Brian Kotowsky et une enveloppe mauve venant de Bristol adressée à Anthony Johnson. Arthur la tint un moment dans sa main, spéculant sur son contenu. Cette femme avait-elle décidé de quitter son mari ou de rester avec lui? Mais il n'arrivait pas à s'intéresser à cette histoire, car il était obsédé par la nécessité de s'assurer la possession exclusive de la cave.

Dans la nuit du quatre novembre, la température baissa et le matin il y avait de la gelée blanche sur les marches de la maison. Arthur constata que la grille, chez Grainger, était déjà ouverte. Pour une fois Barry était là avant lui. Arthur le surprit près d'un tas de sciure sur le point d'allumer un pétard.

– Arrêtez immédiatement! s'écria Arthur, voulez-vous mettre le feu?

Il entra dans son bureau. Barry vint le rejoindre en s'appuyant paresseusement contre le chambranle de la porte.

– Quand j'avais votre âge, j'aurais été sévèrement puni si j'avais seulement touché un pétard!

Barry souffla dans son bubble-gum et demanda :

– Qu'est-ce qui vous chatouille ce matin?

– Comment osez-vous me parler sur ce ton? Sortez d'ici et allez préparer une tasse de thé.

– A neuf heures et demie du matin?

– Faites ce qu'on vous dit. Quand j'avais votre âge, je me serais estimé heureux d'avoir une tasse de thé le matin.

Quand j'avais votre âge... En regardant par la fenêtre

ce désert blanc, Arthur songea à son enfance. Aurait-il été puni s'il avait touché un pétard? Peut-être, car il avait été élevé de façon très stricte mais il approuvait une éducation sévère.

– Tant que tu ne seras pas adulte, c'est moi qui commanderai à la maison, disait tante Gracie.

De la faiblesse de la part de sa tante aurait amené moins de rectitude et de ponctualité dans son travail et trop de liberté lui aurait été néfaste. Il n'y avait qu'à voir ce qu'il avait fait de sa liberté!

L'incident du bébé de Mrs Goodwin, par exemple, mais avant qu'il ait eu le temps de se le remémorer, Barry était revenu avec le thé.

– Irez-vous voir le feu de joie que l'on va allumer sur le terrain vague?

– J'aime mon thé dans ma tasse et non dans ma sous-tasse. Je n'ai pas entendu parler de ce feu de joie. Qui va l'allumer?

– Des gens. Les gosses du quartier. Il y a un gros tas de bois. Je crois que ce sera le plus beau feu qu'il y ait jamais eu à Kenbourne. Ce n'est pas la peine de regarder par la fenêtre, c'est de l'autre côté, vers Brasenose.

Arthur but son thé.

– Espérons que cela ne provoquera aucune catastrophe. J'imagine que les pompiers vont être sur le qui-vive. Quand vous aurez fini de vous servir du sucre de Mr Grainger, vous consentirez peut-être à vider la corbeille à papier.

Une imposante pile de lettres l'attendait. Il se mit à ouvrir les enveloppes avec soin. Un jour, en se dépêchant, il avait coupé en deux un chèque d'un montant important. Ce matin, il n'arrivait pas à se concentrer. Il savait, aux images qui défilaient dans son esprit, aux souvenirs qui harcelaient sa mémoire, à la tension qui l'oppressait qu'il avait atteint le bout du rouleau.

Ces images comprenaient naturellement des visages de morts, celui de tante Gracie et ceux des deux jeunes femmes. Il voyait la souris étendue toute raide dans le tiroir et maintenant, il entendait les cris du bébé.

Tante Gracie s'était chargée de garder cet enfant parce que sa mère, Mrs Goodwin, avait été obligée d'aller voir un parent malade.

– Si je sors faire quelques courses, Arthur sera là, avait-elle assuré, ce sera bon pour lui d'avoir des responsabilités.

Dès qu'elle était sortie, il s'était penché sur le bébé, le scrutant avec curiosité. Le nourrisson avait environ six mois. Il était gras et dormait profondément. Arthur avait soulevé les couvertures sans que cela l'éveillât. Il portait un lange fixé par une épingle de sûreté. Étrange mot de « sûreté », appliqué à un objet aussi dangereux ! Arthur avait retiré l'épingle et, énivré par le sentiment de sa toute puissance, il l'avait enfoncée dans l'estomac du bébé. Celui-ci s'était réveillé en hurlant. Des gouttes de sang perlaient au bout de l'épingle. Pendant un moment, il avait écouté les cris et surveillé les larmes qui roulaient sur le visage rouge. Heureusement, tante Gracie resta absente assez longtemps. Arthur avait conscience qu'il devait s'arranger pour éviter sa colère. Il changea le lange, souillé d'urine aussi bien que de sang et le lava. Plus tard, tante Gracie devait le féliciter de cette initiative. Quand elle revint, le bébé pleurait piteusement, comme pleurent souvent les nourrissons, sans raison apparente.

Cet incident n'eut pas de suite. Le bébé était probablement devenu un homme de trente-cinq ans aujourd'hui. Ni Arthur, ni tante Gracie ne reçurent de reproche pour la blessure – si elle fut jamais découverte. Mais il était heureux pour lui, et pour l'enfant, que tante Gracie ne se fût pas absentée plus longtemps car jusqu'où Arthur aurait-il conduit son expérience s'il avait disposé de plusieurs heures? Oui, tante Gracie avait bien été son ange gardien, sa protectrice. Après sa mort, une autre protectrice lui avait succédé, sa patiente dame blanche, habillée de ses vêtements.

A une heure, il n'avait pas répondu à une seule lettre. Peut-être qu'après un bon déjeuner... Il enfila son pardessus en tweed gris, d'une nuance plus claire que sa cravate de soie. En chemin pour le restaurant, il s'arrêta pour regarder le tas de bois haut de plusieurs mètres. Arthur secoua la tête, désapprouvant de tels amusements.

En revenant de déjeuner, il fut accosté par une femme en duffel-coat qui enquêtait pour un institut de statistiques.

La correspondance de Grainger attendait toujours et il pensa qu'il serait probablement obligé de travailler plus tard pour rattraper sa matinée perdue. En hiver quand la nuit tombait vite, il aimait rentrer de bonne heure. Il se consola et se disant qu'il y aurait probablement du monde dehors, tard dans les rues, ce soir. Déjà, on voyait les premiers feux d'artifices éclater dans le ciel.

Avec le sentiment pervers de voir gâcher ces festivités, il souhaita qu'il plût et il se leva même à plusieurs reprises pour consulter le baromètre. Il y avait eu quelques nuages à l'heure du déjeuner, mais ils s'étaient dissipés depuis tandis que la température se rafraîchissait.

Le soleil était à peine couché quand les premières étoiles se mirent à briller d'un vif éclat tandis que de faux météores explosaient dans une galaxie éphémère. Arthur ferma les volets afin de ne plus les voir, ce qui ne l'empêcha pas d'entendre les rires et les voix joyeuses de ceux qui se rendaient à la fête.

A six heures dix, il termina sa dernière lettre. Il déposa les enveloppes timbrées dans le panier où Berry les prendraient pour les poster le lendemain matin. Il enfila son pardessus et quitta le bureau.

Il y avait beaucoup de monde dans les rues. La célébration de la fête de Guy Fawkes créait une atmosphère de carnaval. Il passa par Magdalena Hill et s'approcha de la barrière de fils de fer barbelés. Une petite foule s'était déjà rassemblée. Arthur n'avait eu l'intention que de jeter un coup d'œil en passant, mais la curiosité le poussa à s'approcher. Des tables avaient été dressées avec des montagnes de sandwiches, de hot-dogs, de soupe chaude. Il y avait bien une centaine de personnes réunies là. Beaucoup d'enfants, des femmes et une douzaine d'hommes. Comme dans une scène de Brueghel, la lumière des maisons autour du terrain apportait un reflet orangé sur les silhouettes mouvantes, l'herbe gelée, la montagne de bois.

L'une des femmes vida sur la pile de bois, une brouette de pommes de terre afin de les faire cuire sous la cendre. Elles auraient un goût détestable, pensa Arthur en voyant un homme jeter de la paraffine sur les cartons, le papier et l'effigie de Guy Fawkes.

Cette effigie, dut-il reconnaître, était une réussite, si vous appréciiez ce genre de chose. La haute silhouette vêtue d'un costume d'homme avait un masque en papier maché en guise de visage et un grand chapeau de paille sur la tête.

Arthur se disposait à s'en aller quand il vit quelque chose, ou plutôt quelqu'un qui le laissa figé sur place. Car, un homme était sorti de la foule, un homme avec une tignasse de cheveux blonds, tenant une boîte d'allumettes à la main, et cet homme était Anthony Johnson ! Arthur ne se demanda pas ce qu'il faisait là. Il se dit seulement qu'un homme ne pouvait se trouver à deux endroits à la fois. Si Anthony était là, comme maître des cérémonies, à en juger par les cris des enfants, il ne pouvait, en même temps, se trouver au 142 Trinity Road.

Tout portait à croire qu'il resterait là des heures et durant ces heures, la cave serait libre ! Il y ferait sombre et froid, mais une nuit pareille lui permettrait de croire à ses fantasmes avec plus de réalisme que d'habitude. Une joie intense l'envahit. Jusque-là, il n'avait pas su à quel point était urgent son besoin de la dame blanche. Aucun de ses rêves, aucune de ses frustrations ne l'avait frappé autant que la vue d'Anthony Johnson grattant sa première allumette. Tout en savourant son plaisir par anticipation, il se dit qu'il pouvait se permettre d'attendre.

Pour une fois, il n'avait plus peur de l'obscurité et de ses tentations. Il éprouvait une joie sans mélange à voir Anthony Johnson frotter allumette après allumette pour enflammer le tas de bois. Les premières flammes commencèrent à flamber, léchant les pieds de Guy Fawkes. Un pétard explosa avec une gerbe d'étincelles et les premiers feux d'artifices partirent dans un déluge de couleurs. Les flammes montaient le long des jambes de l'effigie, gagnant le costume sombre, arrivant jusqu'à la tête, atteignant le chapeau de paille qui se consuma en quelques secondes et tomba en cendres. Le costume brûla, découvrant, avec une sorte d'indécence, les membres blancs qui prirent feu à leur tour.

Arthur s'approcha. Ses mains agrippèrent le fil de fer barbelé. Un enfant cria. Les flammes jouaient maintenant sur le visage dénudé. Ce n'était pas un visage d'homme, mais celui d'une femme, blanche, pâle, belle dans son expression figée. Elle parut remuer et se tourner vers Arthur. Il ne voyait plus rien, ni les gens, ni les cascades de couleurs, ni le feu mais seulement ce visage familier et tant aimé.

Soudain, ce visage perdit son calme et son impassibilité. Il parut éclater de l'intérieur. Le menton s'ouvrit, comme sous un coup de rasoir, et le feu l'enveloppa en le dévorant avec un bruit de forge.

C'en était fait de sa dame blanche, sa tante Gracie, son ange gardien !

XI

La maison du 142 Trinity Road était dans l'obscurité. Au dernier étage, les rideaux blancs brillaient doucement dans l'ombre. A l'intérieur de la maison régnait un silence total. Penché sur la rampe, sa tête en feu posée sur le bois froid, Arthur n'avait jamais connu un tel silence. Pas de claquements de talon, pas de rires étouffés, de mots chuchotés, de robinets ouverts. C'était comme s'il s'était retiré dans un sommeil hivernal.

Il pouvait éveiller la maison. Il lui suffisait de reprendre la routine des gestes quotidiens, d'allumer la lumière, de remplir la bouilloire, de mettre la télévision en marche, de fermer les fenêtres de sa chambre pour regarder dans la cour, enfin sans lumière, mais dépourvue pour toujours de tout attrait pour lui.

Une rage impuissante le saisit. Il alluma la lumière du hall et fit quelques pas en direction de la chambre N° 2. Détruire la propriété d'autrui était un geste loin de sa nature, mais s'il avait pu pénétrer dans la chambre, il aurait saccagé tous les livres d'Anthony Johnson.

L'un après l'autre, il ouvrit les tiroirs du bureau de Stanley Caspian. Naguère, Stanley avait conservé le double des clefs des différents logements. Il n'y en avait plus maintenant. Cependant il devait se venger. Car il ne faisait aucun doute qu'Anthony Johnson avait lui-même accompli un acte délibéré de vengeance à son égard. Au cours de toutes ces semaines, il avait ressassé sa rancune. Toute son attitude ne le prouvait-elle pas ? Et tout cela parce que lui, Arthur, avait ouvert par inadvertance cette lettre de la Municipalité. Maintenant c'était son tour. Il devait répondre par un geste d'une même amplitude. Mais lequel ?

Se détournant de la chambre N° 2, son regard tomba sur la table du hall. Toutes les lettres étaient encore là. La facture de Brian Kotowsky, les lettres de Winston Mervyn et l'enveloppe mauve de Bristol. Personne n'était revenu depuis le matin. Arthur saisit l'enveloppe mauve d'une main tremblante.

La conversation téléphonique, qu'il avait surprise, lui revint en mémoire. « Ta prochaine lettre sera ta dernière chance. » Cette prochaine lettre, elle était là, dans les mains tremblantes d'Arthur. Il la souleva en la tenant par un coin comme s'il craignait de se brûler les doigts. Les préceptes de tante Gracie lui revinrent en mémoire :

– La correspondance d'autrui est sacrée, Arthur ouvrir une lettre qui ne vous est pas destinée est un sacrilège.

Mais tante Gracie l'avait abandonné. Elle n'était plus là pour le protéger, pour le sauver. Il décacheta l'enveloppe avec une telle colère qu'elle se déchira. Il sortit la lettre. Elle était tapée à la machine, non sur du papier mauve, mais sur du papier pelure et les caractères de la machine étaient ceux d'une Adler Standard comme celle dont il se servait au bureau de Mr Grainger.

Tony chéri, je pense avoir beaucoup changé depuis notre dernière conversation. Peut-être ai-je grandi ? Je l'ai compris à l'instant où tu as raccroché. Je ne peux plus jouer cet infâme double-jeu. Il m'est apparu clairement que je devais choisir entre toi et Roger. Je t'aurais rappelé immédiatement si j'avais eu ton numéro, mais je ne le connais pas. N'est-ce pas absurde? Je sais seulement que ton propriétaire a un nom de rivière ou de mer.

J'ai choisi, Tony, j'ai choisi définitivement. Du moins, je l'espère, je me suis promise « pour toujours » déjà une fois, aussi suis-je prudente sur l'emploi des mots. Mais je quitterai Roger et t'épouserai, si tu veux toujours de moi.

Ne sois pas fâché, je n'ai pas encore parlé à Roger. J'ai peur de le faire, bien entendu, mais ce n'est pas ce qui m'a retenue. Je ne peux lui dire que je le quitte sans savoir où aller. Tout ce que je te demande, pour me permettre de lui parler, c'est de m'écrire, à mon bureau, et de me dire où et quand je peux te retrouver. Si ma lettre te parvient mardi, je devrais recevoir ta réponse vendredi au plus tard.

Tony, pardonne-moi, j'ai joué avec toi à quitte ou double, mais c'est fini maintenant. Nous pouvons être ensemble samedi. Dis-moi que tu le souhaites et je viendrai, même si je dois m'enfuir en chemise. Je serai une autre Mary Stuart et je te suivrai au bout du monde. Je t'aime. H.

Cette lecture donna un sentiment de puissance à Arthur. Sa paix intérieure et le contrôle de sa destinée avaient reposé entre les mains d'Anthony Johnson. Juste retour des choses, la vie de celui-ci dépendait maintenant de sa volonté. Œil pour œil, dent pour dent. Anthony Johnson lui avait ravi sa dame blanche, il allait lui enlever sa femme. Il le dépouillerait, comme lui-même avait été dépouillé.

Il froissa la lettre et l'enveloppe et les enfonça dans sa poche. Ayant traversé le hall, il arriva au pied de l'escalier. Comme ce silence était beau et terrible ! Avec une sorte d'angoisse, il songea à la cave, sans garde, sans surveillance. Se pourrait-il qu'il tirât quelque apaisement de son atmosphère? Il éteignit la lumière et traversa le couloir. Il n'avait pas de torche, mais seulement une boîte d'allumettes. Il en alluma une dans la première cave. Arrivé dans la troisième cave, il en alluma une seconde et vit le tas de vêtements sur le sol, la robe de tante Gracie, le sac, les chaussures. C'était la mort de son fantasme. Son imagination dégrisée, il n'était plus qu'un homme amer dans une cave sordide regardant un tas de vieux habits. L'allumette lui brûla les doigts, sa flamme atteignit la boîte qui prit feu. Arthur la laissa tomber et l'écrasa du pied. Il reprit sa respiration en étouffant un sanglot dans l'obscurité. Il chercha son chemin à tâtons et revint vers les marches. Il traversa le couloir, tourna à droite. Il aurait peut-être été sauvé s'il n'avait regardé derrière lui. Le trou noir l'attirait comme un aimant. Un étau se refermait sur lui. Il traversa le hall, ouvrit la porte et sortit dans la nuit.

Les tables étaient vides, le feu éteint. Seuls des enfants faisaient encore partir quelques pétards et les derniers feux d'artifice. Linthea avait rangé les assiettes dans la brouette et, ayant appelé Steve et son fils, elle les abandonna avec un de ses radieux sourires.

Anthony et Winston Mervyn commencèrent à empiler les tables qu'ils devaient ramener à la salle paroissiale. Une dernière lueur brillait dans les cendres dispensant un peu de chaleur. Winston, qui semblait préoccupé, murmura quelques mots dans une langue qu'Anthony ne reconnut pas.

– Que dites-vous?

Winston se mit à rire et traduisit :

– Regarde les étoiles, mon étoile, que ne suis-je le ciel pour te contempler avec mille yeux.

– Vous êtes un drôle de gars. Je suppose que vous allez devenir professeur de grec?

– J'y ai songé, répondit Winston avec le plus grand sérieux, mais on gagne davantage d'argent avec les chiffres qu'avec Aristote. Je suis comptable.

Anthony s'étonna mais il ne posa pas de questions. Pourquoi un comptable venait-il vivre dans un taudis comme Trinity Road?

– C'est facile, dit Winston, prenez un bout, je tiendrai l'autre.

Ils transportèrent les tables par Magdalen Hill et Balliol Street. A la mission, on les débarrassa de leur fardeau et Winston proposa d'aller boire un verre au *Waterlily.* Anthony accepta, mais déclara qu'il devait d'abord passer à la maison, car il attendait une lettre importante.

Le 142 était un bloc noir dans une rue de maisons éclairées. Winston entra le premier et ramassa sa correspondance sur la table. Il n'y avait rien pour Anthony, mais la lettre d'Helen n'arrivait pas toujours le mardi. Elle serait là demain.

– Ce n'est pas mal, j'irai peut-être visiter demain, dit Winston.

Il tendit un imprimé à Anthony. Il s'agissait de la description d'une maison envoyée par un agent immobilier. Elle était située dans la partie résidentielle de North Kenbourne. Le prix en était de vingt mille livres.

– Vous êtes un vrai mystère !

– Mais non ! Parce que je suis noir, vous pensez que je n'ai aucune instruction et parce que j'habite ici, vous en concluez que je suis pauvre.

Anthony ouvrit la bouche pour répondre que ce n'était ni vrai, ni juste, mais il savait que c'était la vérité. Winston reprit :

– Je suis venu vivre ici parce que ma famille s'est installée à Londres. Maintenant que j'ai un pied à terre, je cherche à acheter une maison.

– Vous n'êtes pas marié, n'est-ce pas?

– Oh ! non ! Allons-nous prendre ce verre?

Chemin faisant, ils rencontrèrent Brian Kotowsky.

– Vous m'avez l'air de gens altérés, dit-il, si nous allions chercher une oasis?

Il n'y avait pas moyen de se débarrasser de lui. Il allongea le pas en se plaignant de Jonathan qu'il n'avait pas revu depuis son déménagement. C'était parce que Jonathan et Vesta ne s'entendaient pas, assura-t-il. Il était certain que John avait téléphoné, mais Vesta avait pris la communication en refusant de lui donner des explications.

Dans un autre pub, le *Grand Duc*, Arthur était assis, seul à une table. Il buvait un cognac. Lorsqu'il était sorti pour cette promenade nocturne, il avait été lui-même terrifié de sa décision. Mais, peu à peu, sa frayeur s'était apaisée, vaincue par l'intérêt qu'offraient les rues, par le changement qui s'y était opéré. A côté des artères bien éclairées, les ruelles, les impasses et les cours n'en paraissaient que plus sombres. En vingt ans, il n'avait pas oublié la topographie du quartier où il était né, ni le labyrinthe des venelles qui existaient toujours derrière les façades des nouveaux immeubles. L'air était empreint de fumée, mais à neuf heures et demie, il y avait moins de monde dehors. C'était excitant pour Arthur de se trouver le seul piéton de ces rues sombres, trouées de temps à autre par les phrases d'une voiture.

Le plan, déjà expérimenté deux fois, se répétait sans qu'il le voulût. Au cours des occasions précédentes, il avait erré sans but – ou sans but avoué –. En ces deux occasions, il avait commandé un cognac, parce que le cognac était le seul alcool qu'il connût. Tante Gracie en avait toujours à la maison comme cordial. Il visa son son verre et ressentit une chaleur inhabituelle l'envahir. Il était temps maintenant de songer à la suite de l'opération.

XII

Il y avait des étrangers au *Waterlily*, des hommes à l'accent du nord avec des cravates vertes et jaunes, aux couleurs d'une équipe de football. Brian engagea un dialogue avec l'un d'eux, au visage gras, appelé Potter. Cela convenait à Anthony et lui permettait de discuter avec Winston, mais Brian continuait à l'appeler « Tony, mon cher vieux garçon » en s'efforçant de le faire participer à la conversation.

Avant de connaître Helen, Anthony n'aurait peut-être pas remarqué les poils roux qui sortaient des oreilles et des narines de Potter, il n'aurait pas non plus défini l'odeur, un mélange d'oignon, de sueur, de whisky et de menthol, qui émanait de lui, mais il se serait quand même aperçu qu'il était ivre. Potter avait un bras passé sur les épaules de Brian et, ayant écouté le récit de la défection de Jonathan et du don de Vesta pour écarter de lui tous ses amis, il déclara :

– Désagréable avec lui, hein? Et lui désagréable avec elle? L'asticotant tout le temps? Ouais, je vois le topo.

– As-tu aussi une femme de ce genre?

– Ma foi non, mon gars, je n'ai pas commis l'erreur de passer la bague au doigt de quelque accorte commère, mais je garde les yeux ouverts. Quand un bonhomme asticote une bonne femme et qu'elle l'asticote aussi, ça ne signifie qu'une seule chose : ils se cherchent !

– Tu plaisantes !

– Non, mon gars, crois-en mon expérience. Tu n'as pas revu ton copain, parce qu'il est en train de s'envoyer en l'air avec ta bonne femme.

– Je m'en vais, dit Anthony, j'en ai assez d'être là.

Il se leva en regardant Winston qui le suivit.

Ils tournèrent dans une ruelle et s'aperçurent bientôt que Brian et Potter étaient derrière eux. Il était dix heures passées.

– Ça va être gentil, murmura Winston, ils vont boire et se soûler la moitié de la nuit, dans la chambre voisine de la mienne !

Mais Potter fut incapable de monter l'escalier. Il resta assis sur la première marche et se mit à entonner une ballade où il était question de la fille d'un fermier. Anthony avait remarqué que Li-li n'était pas là et que les lumières étaient éteintes en haut ce qui signifiait qu'Arthur était déjà au lit, profondément endormi, sans doute.

– Faites-le sortir d'ici, conseilla Anthony à Brian, c'est votre ami.

– Mon ami? C'est la première fois que je le vois !

Brian avait apporté une demi-bouteille de vodka qu'il porta à ses lèvres.

– Où suis-je supposé l'envoyer? demanda-t-il, dans la rue? Il vient de Leeds.

– Il n'a qu'à y retourner par le premier train en partance de King's Cross.

Brian regarda Potter qui fredonnait toujours sa ballade en conduisant un orchestre invisible.

– Il ne va pas vouloir partir. Il est venu pour assister au match de football qui a lieu demain.

– Quel bon sang de match? demanda Anthony qui jurait rarement, de quoi diable parlez-vous?

Il ignorait tout du football et s'en souciait peu.

– Leeds contre Kenbourne Kingmarkers. Voulez-vous une goutte de vodka? O. K. J'ai eu tort de l'amener ici. Je ne l'aurais pas fait si j'avais su qu'il était soûl comme une bourrique. Je suppose que nous ne pouvons le mettre dans votre...

– Il n'en est pas question.

Anthony allait ajouter quelque chose de bien senti quand Potter se dressa sur ses pieds en portant les mains à son estomac.

– Il veut aller aux toilettes, dit Winston.

Prenant Potter par le bras, il l'entraîna dans le couloir. Anthony ouvrit la porte de sa chambre. Sans attendre d'y être invité, Brian le suivit et s'assit sur le lit. Il avait le visage rouge et renfrogné.

– Les insinuations de Potter sur Vesta ne me plaisent pas.

– Il ne la connaît pas. Pourquoi attacher de l'importance à de stupides généralités sur la conduite des gens. Elles sont toujours fausses.

– Vous êtes un vrai copain, Tony, le meilleur copain qu'un homme ait jamais eu !

On entendit la chasse fonctionner aux cabinets. Winston revint avec Potter, qui était plus pâle et sentait encore plus mauvais. Il s'assit dans l'unique fauteuil de la pièce et s'endormit aussitôt en ronflant, la bouche ouverte.

– Laissons-le se reposer une demi-heure, dit Winston, puis nous lui ferons absorber une tasse de café noir. Au temps où j'étais ambulancier, j'ai vu des tas de gars dans cet état.

– Vous avez décidément fait beaucoup de choses dans votre vie, remarqua Anthony : étude du grec, comptabilité, secourisme, vous allez bientôt me déclarer que vous êtes également avocat !

– Eh bien, j'ai étudié le droit, mais je n'ai pas passé les examens, répondit Winston en prenant un livre intitulé « Psychologie et vie » de Ruch et en le feuilletant.

– Je n'aime pas ce qu'il a dit de ma femme, reprit Brian. Il n'aurait pas dû parler ainsi de Jonathan. John est le meilleur ami que j'aie jamais eu !

La bouteille de vodka était presque vide. Brian regarda Potter de travers et lui asséna une tape sur l'épaule. Celui-ci sursauta, se redressa et partit en titubant vers les toilettes. Winston leva les yeux de son livre et regarda Brian avec sévérité.

– Allez faire du café. Vous en avez besoin autant que lui.

Brian obéit en geignant comme un petit chien. Il brancha la bouilloire tandis qu'Anthony sortait le café et du sucre. Soudain, Anthony s'assit par terre parce qu'il n'y avait pas d'autre siège. Il ferma les yeux. La dernière chose qu'il remarqua avant de s'assoupir, fut que Brian pleurait. Des larmes coulaient sur ses joues rouges.

Arthur alla aux toilettes où il déchira la lettre de Bristol en mille morceaux. Il les jeta et tira la chasse. Il y avait une sorte de finalité, dans ce geste, qui lui plaisait et l'effrayait tout à la fois. Il n'était plus possible de revenir en arrière, de restituer la lettre avec un mot d'explication. L'acte était accompli, la vengeance achevée. Cela suffirait-il pour le soutenir jusqu'à la maison ? Pouvait-il rentrer en toute sécurité ? Quand il retourna au bar, il sentit la frayeur renaître en lui. Néanmoins, il commanda un second cognac. Il retardait le plus possible son départ du *Grand Duc*. Il était dix heures. En son absence, quelqu'un avait pris sa place et il fut obligé de se tenir au coin du comptoir, contre la séparation vitrée qui isolait le bar de la salle. La vitre était opaque, mais en regardant à travers, Arthur distingua un profil familier.

Heureusement, ce n'était que Jonathan Dean et il était sûr que celui-ci ne l'avait pas vu. Il se faufila dans la foule, jouant des coudes. Dean parlait à quelqu'un qu'il ne voyait pas. Brian Kotowsky ou Anthony Johnson peut-être? Les oiseaux d'un même plumage volent ensemble. Il lui fallait partir.

Ce ne fut qu'une fois dans la rue qu'il prit conscience de son attitude. S'il rentrait directement chez lui, peu importait que quelqu'un le vît ou s'aperçût de son absence du 142 Trinity Road. Ou bien n'avait-il pas l'intention de rentrer directement? Allait-il errer dans le dédale des petites rues pour calmer la tension autour de ses tempes et jusqu'à ce que la boucle soit bouclée? Arthur frissonna.

Il y avait un arrêt d'autobus à quelques mètres du *Grand Duc,* dans High Street, mais il ne voulait pas prendre un autobus qui ne l'amènerait pas assez près de chez lui. Un taxi le déposerait à sa porte.

Il attendit un moment. Aucun taxi ne se présenta. Onze heures moins dix. Le *Grand Duc* allait bientôt fermer, dégorgeant ses clients sur le trottoir. De l'autre côté de la rue, les arbres de Radclyffe parc s'agitaient. La grille principale était fermée, mais sur le côté, un portillon ouvrait sur un sentier qui longeait le parc. Arthur vit une femme s'y engager. Son ombre dansa sur le trottoir avant d'être happée par l'obscurité. Le cœur d'Arthur battit plus fort. Maureen Cowan, Bridget O'Neill...

Enfin un taxi tourna à l'angle de la rue. Il le héla fiévreusement et demanda au chauffeur de le conduire à Trinity Road.

– Où est-ce?

Arthur le lui expliqua.

– Je regrette, mon vieux, mais ce n'est pas sur mon chemin. Je rentre.

– Je vous donnerai un bon pourboire, supplia Arthur, si vous ne voulez pas me conduire, je me plaindrai aux autorités.

– Allez vous faire pendre, dit le chauffeur en démarrant.

Le dernier autobus K 12 passerait à onze heures. Arthur décida de l'attendre. Il lui fallut lutter de toute son énergie pour rester à l'arrêt de l'autobus et ne pas partir à pied pour suivre le sentier que la femme avait pris. Au moment où la tentation devenait intolérable, l'autobus arriva.

Arthur monta à l'intérieur. Le véhicule s'ébranla, ralentit et s'arrêta à nouveau pour laisser monter une femme enveloppé dans une longue cape noire. Elle était sortie du *Grand Duc* en courant. Comme il n'y avait plus de siège à l'intérieur elle monta sur l'impériale.

L'autobus roulait vite car il n'y avait plus beaucoup de circulation à cette heure de la nuit. Il longea le cimetière, près duquel Maureen Cowan avait exercé sa profession et où Tante Gracie reposait dans le caveau de famille, près de son père et de sa mère, puis il s'engagea dans une rue, à sens unique, et reprit High Street avant de tourner dans Kenbourne Lane.

Dans Balliol Street, Arthur commença à s'agiter sur son siège. Il prenait rarement l'autobus et était toujours prêt à descendre avant l'arrêt. La femme, portant la cape, attendait déjà sur la plate-forme. Le capuchon cachait son visage et la faisait ressembler à un moine ou à un grand oiseau noir. Elle fut la première à descendre.

Le *Waterlily* était fermé. Toutes les boutiques étaient closes et Arthur vit la lumière s'éteindre à la devanture de *Kemal Kebab.* Mais les réverbères étaient allumés, dispensant une lumière ambrée. Il n'y avait personne dans la rue, que cette femme encapuchonnée qui se dirigeait vers Camera Street. De temps à autre, une voiture passait.

Arthur regarda la devanture du *Waterlily* sans perdre

la femme de vue. Une voiture s'était arrêtée à sa hauteur. Le conducteur lui parlait. Arthur pensa qu'il allait compter jusqu'à dix. Au bout de ce temps, elle aurait tourné dans Camera Street ou serait partie avec l'homme. Il la perdrait, mais lui et elle seraient ainsi sains et saufs. Il pourrait alors poursuivre son chemin vers Magdalen Hill.

Il en était à cinq quand il la vit s'écarter vivement de la voiture et rebrousser chemin. Son cœur se mit à battre. Il y avait trois blocs de ciment à l'entrée d'Oriel Mews, interdisant le passage de tout véhicule. Elle s'y engagea. La voiture s'éloigna.

Arthur la suivit. La ruelle était merveilleusement sombre. La femme marchait vite. Il distinguait sa silhouette grotesque dans le noir. Il hâta le pas, la rattrapa et entendit sa respiration précipitée quand il la dépassa.

Alors, elle ralentit comme il savait qu'elle le ferait. Elle attendait de le voir émerger dans la lumière de Trinity Road. Il continua à marcher, mais au lieu d'avancer dans la lumière, il se plaqua contre le mur de brique et revint lentement, silencieusement en arrière. Il sentait sa présence, même s'il ne la voyait pas.

Sa cravate était bien nouée et il dut faire un effort pour défaire le nœud. Sa force était à ce point décuplée que même si elle avait été en métal, il aurait réussi à l'arracher. Au loin, quelques pétards explosaient encore et les derniers feux d'artifice sifflaient au-dessus de sa tête avant d'exploser en milliers d'étoiles.

Elle ne cria pas. Le son qui sortait de ses lèvres n'était qu'un ultime soupir de terreur. Elle tomba sur le sol comme un grand oiseau blessé et Arthur laissa son poids peser un moment sur ses pieds avant de les dégager lentement, l'un après l'autre.

XIII

Quand Anthony ouvrit les yeux, il était onze heures vingt. Winston lisait toujours « Psychologie et vie ». Potter dormait. Le radiateur électrique était allumé.

– Où est Brian?

– Il est parti il y a une demi-heure en disant qu'il allait avoir une explication avec ce Dean.

– Oh! Seigneur! Il ne manquait plus que ça! Débarrassons-nous de ce Potter.

– Quand vous voudrez. J'ai fouillé ses poches pendant que vous dormiez. Il a plein d'argent. Il est descendu à l'hôtel Fleur dans Judd Street.

– Beau travail, Sergent! Au fait, n'auriez-vous pas travaillé dans la police, par hasard?

Winston sourit :

– Non, jamais. Dois-je appeler un taxi?

Anthony acquiesça. Ils réveillèrent Potter, mais une fois de plus, celui-ci se précipita aux toilettes et ils durent l'attendre dix bonnes minutes avant de le voir réapparaître, pâle et défait.

Arthur arriva devant la porte du 142 Trinity Road à minuit vingt cinq. Il avait relevé le col de son pardessus pour que personne ne remarquât l'absence de cravate. Il ne rencontra personne.

D'abord, la maison lui parut aussi sombre que lorsqu'il l'avait quittée quelques heures plus tôt. Il n'y avait aucune lumière à la fenêtre de Winston Mervyn ou à celle de Li-li Chan. Le hall était plongé dans l'obscurité, mais en posant le pied sur la première marche de l'escalier, il aperçut un rai de lumière sous la porte de la chambre N° 2 et sous celle des toilettes. Ce ne pouvait être qu'Anthony Johnson. Arthur gravit silencieusement l'escalier, mais avant d'atteindre le premier palier, la porte des toilettes s'ouvrit, éclairant le hall.

Il lui sembla qu'Anthony Johnson s'arrêtait pour regarder en haut de l'escalier. Pour quelle autre raison se serait-il immobilisé dans le hall? Arthur ne se retourna pas. Il entendit la porte de la chambre N° 2 se refermer.

La lumière éclairait la cour en bas, mais c'était sans importance. Le seul danger pour lui était d'être surpris en train de tuer, car il était un étranger pour la femme qu'il avait étranglée, comme il l'avait été pour Maureen Cowan et Bridget O'Neill. Personne ne se soucierait de l'heure à laquelle Arthur Johnson était rentré chez lui cette nuit-là, parce que personne ne penserait qu'il était nécessaire de s'en inquiéter.

Il n'avait aucun souci à se faire. C'était peut-être le seul moment de sa vie où il n'avait aucun souci. Il le savoura, excluant toute autre pensée, ressentant une paix exquise, un bien-être animal. Pour une fois, il ne prit pas la peine de faire sa toilette. Il se dépouilla de ses vêtements, posant sur le tout sa cravate gris argent froissée et il se laissa tomber sur l'édredon bleu. En quelques secondes, il s'endormit profondément.

Comme le fit remarquer Winston, il était presque impossible de trouver un taxi dans Trinity Road, qui n'était pas une rue passante et dont les habitants ne pouvaient s'offrir le luxe d'un taxi.

– Nous pourrions le conduire jusqu'à la station de métro.

– Non, ce n'est pas possible dans l'état où il est.

Il avait déjà été assez difficile d'amener Potter de la chambre N° 2 jusqu'à la rue. Il devait bien peser quatre-vingt-dix kilos. Il était maintenant assis, là où ils l'avaient arrêté, sur le mur bas qui séparait la petite pelouse de la rue. Le froid, qui les faisait frissonner, n'avait aucun effet sur Potter qui s'était remis à ronfler.

– Je vais aller jusqu'à la station de taxi, si vous voulez bien rester près de lui, décida Winston.

Mais tandis qu'il parlait, un taxi déboucha de Magdalen Hill et s'arrêta devant la porte. Vêtue d'une robe en satin vert et d'un boa Li-li Chan sauta à terre et tendit un billet au chauffeur en disant :

– Gardez la monnaie.

– Hé ! Cela ne fait que deux pence !

Elle se retourna vers Anthony et Winston, sans s'étonner de la présence de Potter, et murmura :

– Bonsoir, il fait frais ce soir, avant de grimper lestement les marches.

Les deux hommes saisirent Potter chacun par un bras et le hissèrent dans le taxi.

– Celui-là n'est pas en état de discuter votre pourboire. Conduisez-le à l'Hôtel Fleur dans Judd Street.

– J'espère que je ne vais pas le perdre en route, répondit le chauffeur.

La nuit était tranquille maintenant. Depuis une demi-heure, aucun feu d'artifice n'avait été tiré.

Il fallut près d'une heure pour aérer la chambre N° 2. Anthony mit longtemps à s'endormir et en conséquence, il se leva tard. Il se réveilla à huit heures et demie et s'habilla rapidement car il avait décidé de se rendre à la bibliothèque dès neuf heures trente pour y travailler. Il croisa un étranger dans le hall. Un homme d'un certain âge qui le salua en l'observant avec attention. Anthony pensa que ce devait être un policier en civil avant même de voir la voiture de police arrêtée devant la maison. Aussitôt, il se demanda si cette visite n'avait pas un lien avec Brian Kotowsky. Brian était parti la veille dans l'intention de se disputer avec Jonathan Dean, peut-être même de se battre avec lui.

Mais aucun des occupants de la voiture ne lui adressa la parole, aussi traversa-t-il la rue en direction d'Oriel Mews. La ruelle était barrée. L'entrée en était bloquée par une toilée dressée à environ deux mètres de hauteur. On ne voyait pas ce qui se passait derrière.

Des coups frappés à la porte réveillèrent Arthur juste avant que son réveil ne sonnât. Quelqu'un tapait à l'une des portes, celle des Kotowsky ou de Mervyn, à l'étage au-dessous. Puis il entendit des voix, celle de Mervyn et aune autre, mais il était habitué à tous ces bruits inutiles et il s'en soucia peu.

Dix minutes plus tard, quand tout se fut calmé, il se leva et prit son bain. Il rinça soigneusement la baignoire, essuya le carrelage et secoua les oreillers et l'édredon. Enfin, il sortit du linge et une chemise propre de son armoire.

On entendait des allées et venues dans l'escalier. Peut-être que quelqu'un déménageait. Cela ressemblerait bien à Stanley Caspian de ne lui avoir rien dit! Il alla dans la cuisine et fit chauffer l'eau en se demandant – de façon détachée – si le corps de la femme avait été découvert. Il était vraiment imprudent de sa part d'avoir agi si près de chez lui, mais la prudence était alors le dernier de ses soucis. Les journaux du soir lui apprendraient, comme à tout le monde, qui était l'héroïne de ce fait divers.

Et cette fois, il ne s'effondrerait pas. Il ne serait pas

malade. Il surveillerait l'enquête de la police pour découvrir le tueur. Une bonne théière de thé fort, deux œufs, accompagnés de deux tranches de bacon et de deux toasts grillés, le réconfortèrent.

Si le corps avait été découvert, pensa-t-il en faisant la vaisselle, on barrerait probablement la ruelle. Poussé par une irrésistible curiosité, il souleva les rideaux de tulle. Il examina la rue, en quête d'une voiture de police. Tout d'abord, il n'en vit pas, puis il aperçut ce qu'il cherchait, juste sous sa fenêtre.

Son cœur battit soudain plus vite. Se pouvait-il... Mais non! Il était impossible que l'on sût! Cette voiture ne pouvait être là pour lui. Personne ne l'avait vu s'engager dans cette ruelle et rien ne le liait à la morte. Allons, ressaisis-toi, dit-il à haute voix.

Il se laissa tomber sur une chaise en regardant ses mains. Il vit qu'il tenait le torchon comme il avait tenu sa cravate la nuit précédente, les doigts tirant les deux extrémités. Il se détendit. N'était-il pas possible que la police se fût garée là parce qu'il n'y avait pas de place ailleurs? A nouveau, il regarda par la fenêtre. Anthony Johnson traversait la rue en direction de la ruelle. Au même instant, la sonnette de sa porte retentit, déchirant ses oreilles. Il chancela et se décida à aller ouvrir.

– Mr Johnson?

Arthur acquiesça en devenant mortellement pâle.

– Puis-je entrer? J'aimerais vous dire un mot.

L'homme n'attendit pas sa permission. Il entra dans l'appartement et sortit sa carte. Détective-inspecteur Glass. C'était un homme grand et maigre, avec un nez épaté et une bouche mince qui cachait mal de longues dents jaunes.

– Il y a eu un meurtre, Mr Johnson. En conséquence, je vous serais obligé de me rendre compte de votre emploi du temps hier soir.

– Mon emploi du temps? Que voulez-vous dire?

– Comment avez-vous passé votre soirée?

La question prit Arthur complètement au dépourvu.

– J'étais ici, dans mon appartement. Je suis rentré de mon travail à six heures et demie et je ne suis pas ressorti.

– Étiez-vous seul?

Arthur hocha la tête. Il se sentait faible, malade. L'homme ne le croyait pas. Une expression d'incrédulité se lisait sur son visage et ses lèvres s'ouvraient, découvrant ses horribles dents jaunes.

– Selon mes informations, vous avez passé la soirée avec Mr Winston Mervyn, Mr Brian Kotowsky et un homme appelé Potter.

Maintenant, Arthur ne comprenait plus rien du tout. Des images du *Grand Duc* et du profil de Dean lui revenaient en mémoire, mais sûrement... soudain, la lumière se fit.

– Je pense que vous me prenez pour Mr *Anthony* Johnson qui habite au rez-de-chaussée, chambre N° 2.

Aussitôt, il comprit qu'il avait vu juste. Ce Glass avait commis une erreur. Il ajouta :

– Je suis resté seul chez moi toute la soirée.

– Je m'excuse, Mr Johnson, une confusion bien compréhensible. Ainsi, vous ne pouvez nous aider à reconstituer l'emploi du temps de Mr Kotowsky?

– Non, pas du tout. Je le connais à peine. Je ne fréquente personne dans la maison. Mais il voulait savoir pourquoi Glass était venu là, il demanda : ce meurtre... Mr Kotowsky y serait-il mêlé?

– Inévitablement, Mr Johnson, répondit le policier en ouvrant la porte, c'est Mrs Vesta Kotowsky qui a été assassinée.

XIV

Anthony passa la journée à la bibliothèque de l'université et il était cinq heures quand il descendit à la station de Kenbourne Lane pour rentrer chez lui. De larges manchettes s'étalaient sur les journaux du soir *Meurtre d'une femme à Kenbourne, Le Tueur de Kenbourne a-t-il encore frappé?*

Bien qu'il s'intéressât nécessairement au comportement d'un psychopathe et aux mobiles qui poussent un homme à tuer, le meurtre en lui-même ne le fascinait pas, aussi n'acheta-t-il pas le journal. La lettre d'Helen devait l'attendre à la maison.

La table du hall était couverte de correspondance et, pour une fois, dans le plus grand désordre. Anthony feuilleta les enveloppes. Trois lettres d'agences immobilières pour Winston, une lettre de Taïwan pour Li-li, une facture pour Brian, une autre pour Vesta, une circulaire, qu'il faudrait faire suivre, à Jonathan Dean. Rien pour lui. Helen n'avait pas écrit. Pour la première fois depuis qu'il avait emménagé au 142 Trinity Road, un mardi et un mercredi étaient passés sans lettre d'elle. Avant qu'il ait eu le temps de réfléchir sur cette omission, la porte d'entrée s'ouvrit et Winston et Jonathan – qui, à sa connaissance ne s'étaient jamais rencontrés – entrèrent ensemble.

– Comment vous en êtes-vous tiré? demanda Winston, nous avons dû vous manquer.

– Tiré de quoi?

– Nous ne vous avons pas vu au poste de police.

Anthony pensa qu'il n'avait jamais vu Jonathan aussi sombre, aussi décomposé et en même temps aussi naturel.

– Je ne vous suis pas bien.

– Il n'est pas au courant, déclara Jonathan, il ne sait rien encore. Vesta a été assassinée la nuit dernière, Tony, elle a été étranglée et Brian a disparu.

Ils montèrent dans la chambre de Winston parce qu'elle était plus grande et mieux aérée que celle d'Anthony. Jonathan regarda autour de lui d'un air las et, ne trouvant aucune citation appropriée, il s'allongea de tout son long sur le vieux divan rouge. Un brouillard givrant s'était levé, obscurcissant les vitres. Winston tira les rideaux.

– La police est venue ici ce matin à sept heures et demie, dit-il n'obtenant pas de réponse de Brian, les flics ont sonné chez moi. Ils voulaient savoir quand j'avais vu Brian pour la dernière fois et dans quel état d'esprit il était. J'ai dû leur avouer la vérité.

– Voulez-vous dire que vous leur avez fait part des insinuations de Potter?

– J'y ai été contraint, Anthony. Qu'auriez-vous fait à ma place? Auriez-vous prétendu que Brian était sobre et calme et qu'il était allé se coucher, le cœur tranquille? Au surplus, ils ont déniché Potter. Il a certainement raté son match de football. Après cela, ils ont dû penser que votre témoignage était superflu. Malgré sa soûlographie, Potter doit s'être souvenu de tout, car après m'avoir conduit au commissariat, on m'a demandé si Brian était fou de jalousie. J'ai dû reconnaître qu'il était parti à la recherche de Vesta et de celui-là, ajouta-t-il avec un geste en direction de Dean.

– Mais c'est idiot ! protesta Anthony, Potter a proféré des propos d'ivrogne, sans aucune signification, nous le savons tous.

– Hélas non ! dit Jonathan.

– Comment ? Est-ce que vous et Vesta...

– Oh ! Seigneur ! Bien sûr que oui ! C'est pourquoi j'ai déménagé. Nous ne pouvions continuer à nous rencontrer ici, n'est-ce pas ? Bon sang ! Nous avons passé la journée et la plus grande partie de la soirée ensemble. Ensuite nous sommes allés prendre un verre au *Grand Duc.* Elle m'a quitté juste avant onze heures pour prendre le dernier autobus.

Anthony frissonna. Il avait froid.

– Brian a disparu, dites-vous ?

Jonathan se passa la main dans sa chevelure rousse en broussaille.

– Je n'habite pas ce trou à rats. Ça pue et il y a des punaises. Ma sœur m'a permis de m'installer chez elle pendant qu'elle allait en Allemagne. Elle a un appartement à West Hampstead. J'y suis retourné hier soir en sortant du *Grand Duc.* Je suis arrivé là-bas vers minuit. Brian est venu une demi-heure plus tard. Il était complètement ivre et formulait toutes sortes d'accusations. Il a fini par s'écrouler. Je l'ai fourré au lit.

– Mais comment savait-il que vous seriez là !

– Dieu seul le sait ! Ma sœur m'a déjà prêté son appartement, ou bien Vesta a pu le lui dire avant qu'il ne...

– Alors, où est-il maintenant ?

– Je l'ai laissé là-bas pour aller travailler. Les flics sont venus m'épingler vers midi et je leur ai tout raconté, mais quand ils sont allés chez ma sœur, Brian s'était volatilisé. On le recherche. Inutile de faire cette tête, Tony, mon vieux, c'est lui qui a fait le coup ! Autrement, pourquoi aurait-il disparu ?

– Il a pu sortir, voir les journaux et prendre peur. Je ne le crois pas capable de tuer.

– Vraiment? Vous imaginez-vous que j'aime penser cela de mon vieux copain? Lui et moi, nous étions... comme deux roses sur une même tige.

Peut-être était-ce l'ineptie de cette image, ou le fait que dans de telles circonstances, Jonathan aurait fait n'importe quelle citation, mais Winston réagit aussitôt.

– S'il est coupable, c'est votre faute, vous n'auriez pas dû batifoler avec sa femme!

– Fermez votre grande gueule, espèce de sale nègre! grogna Jonathan. Il se retourna en disant: Seigneur, je boirai bien un verre.

Nullement offensé par ces épithètes, Winston répondit avec calme.

– Je me demande combien de centaines de fois les murs de cette chambre ont dû entendre ces mots? Secouant Jonathan avec vigueur, il ajouta: Pourquoi ne vous ai-je pas laissé pourrir sur le bord du trottoir pour être ramassé par les boueux, c'est ce que je ne saurai jamais. Levez-vous, si vous voulez un verre, mais nous n'irons pas traîner au *Waterlily* tant que toute cette affaire ne sera pas calmée.

– On prétend que cette nénette habitait votre maison, est-ce vrai? demanda Barry.

– Oui, répondit Arthur.

– Seulement, on ne précise pas le numéro de la rue dans les journaux: tenez, regardez, dit-il en mettant l'*Evening Standard* sous le nez d'Arthur.

Le corps d'une femme, Mrs Vesta Kotowsky, trente-six ans, demeurant Trinity Road à Kenbourne Vale a été trouvé dans Oriel Mews tôt ce matin. Elle avait été étranglée. La police recherche son meurtrier.

Les caractères sautèrent sous ses yeux et d'autres mots se superposèrent :

Le corps d'une femme, Maureen Cowan, vingt-quatre ans, demeurant Parsloe Street à Kenbourne Vale a été trouvé dans une ruelle donnant sur le cimetière de Kembourne Vale. La police recherche son meurtrier.

Le corps d'une femme, Bridget O'Neill, vingt ans, infirmière...

Des étrangères pour lui, de parfaites étrangères. Il ne les avait jamais regardées. Il n'avait jamais regardé d'autres femmes que tante Gracie et Beryl.

Beryl était la fille de Mrs Courthope. En rentrant de son travail, un soir, il l'avait trouvée en train de prendre le thé avec tante Gracie, dans une des tasses de porcelaine qui étaient maintenant à lui, et il avait été jaloux de sa présence. Qui était-elle pour venir ainsi troubler leur intimité ?

Cependant, elle était revenue à plusieurs reprises, tantôt seule, tantôt avec sa mère. Il préférait que sa mère fût là, car tante Gracie restait alors au salon au lieu de le laisser seul avec Beryl. Il ne se souvenait pas lui avoir jamais adressé directement la parole. Il ne se souvenait même pas si Beryl était jolie ou laide, bavarde ou silencieuse et il doutait s'en être jamais préoccupé à l'époque. Elle lui était parfaitement indifférente.

Mais elle l'aimait bien, lui disait tante Gracie.

– Beryl t'aime beaucoup, Arthur. Naturellement, ce n'est pas surprenant. Tu es calme, tu as un emploi fixe et bien rémunéré et, bien que je ne devrais pas te le dire, tu es très joli garçon.

Beryl les accompagna à l'Odeon. Tante Gracie s'arrangeait toujours pour que Beryl s'assît entre eux. Un jour, il osa dire qu'il préférait le temps où Beryl n'était pas en tiers.

– Je ne serai pas toujours là, Arthur. Et, de toute façon, la maison est grande. J'ai toujours eu l'intention de te laisser le haut un jour.

Il ne comprenait pas où elle voulait en venir et n'aimait pas rester seul avec Beryl.

Le soir où tout arriva fut celui où tante Gracie prétendit avoir une migraine telle qu'elle ne pouvait aller au cinéma voir ce film sur les soldats américains dans le Pacifique. Arthur déclara aussitôt que dans ce cas, il ne sortirait pas non plus.

– Tu ne peux pas laisser tomber Beryl, elle attend cette sortie depuis une semaine. Tu ne te rends pas compte à quel point elle est éprise de toi. Je sais que tu l'aimes, toi aussi, seulement tu es timide. Tu n'as encore jamais fréquenté de jeune fille.

Beryl vint le chercher et ils partirent en silence. En traversant la rue, elle lui prit le bras et se tint contre lui jusqu'au cinéma. Tout à coup, elle se mit à débiter des folies.

– Je n'ai jamais fréquenté aucun garçon avant vous, Arthur. Mère ne m'a jamais permis de sortir. Je sais que je ne suis pas très jolie, je n'ai rien de spécial pour attirer les hommes, mais j'aurais pu flirter avec des garçons. Maintenant je suis heureuse de ne pas l'avoir fait. Vous comprenez, Mère m'a tout dit.

– Que vous a-t-elle dit ?

– Que vous m'aimiez, mais que vous étiez trop timide pour me l'avouer. J'aime les garçons timides. Il y a des semaines et des semaines que j'espérais que vous me demanderiez de sortir seule avec vous et maintenant vous l'avez fait.

– Ma tante est malade, c'est pour cela qu'elle n'est pas venue.

– Oh ! Arthur, ce n'est pas la peine de prétendre le contraire, je sais la vérité !

Ils entrèrent au cinéma. Il lui offrit un paquet de bonbons et murmura une vague excuse pour se rendre aux toilettes.

Il y avait une sortie de secours, Arthur l'emprunta

aussitôt. Il marcha et marcha, s'éloignant le plus possible de Beryl, puis, pour la première fois de sa vie, il entra dans un pub et commanda un cognac.

Vers dix heures, il reprit la direction de la maison en passant par le sentier qui longeait le cimetière. Au bout du sentier, il y avait une fille. Elle s'approcha de lui pour lui dire bonsoir.

Il mit la main dans sa poche pour y prendre son cache-col. Peut-être crut-elle qu'il sortait son portefeuille, car elle s'approcha et lui toucha le bras. Lorsqu'il l'étrangla, elle fut trop surprise pour proférer le moindre cri. Plus tard, quand il eut compris ce qu'il avait fait, il craignit d'être arrêté, jugé, pendu, mais il ne se passa rien.

Les policiers ne se présentèrent pas à la maison de Magdalen Hill, et même s'ils l'avaient fait, ils n'auraient rien découvert car Beryl ne raconta pas à tante Gracie ou à sa mère qu'il l'avait laissée au cinéma. Elle donna l'impression que c'était elle qui l'avait repoussé. Tante Gracie se plaignit de l'ingratitude de cette petite fille et comprit pourquoi Arthur, victime d'une déception sentimentale, tomba malade et resta six semaines couché, sans que le médecin découvrît la cause de sa maladie. Il ne revit jamais Beryl, mais quelques années plus tard, il apprit qu'elle avait épousé un épicier et avait deux enfants.

– J'suppose que son bonhomme l'a butée, dit Barry.

Arthur ne put trouver l'énergie nécessaire pour réprimander Barry sur sa façon argotique de s'exprimer. Néanmoins, il enregistra le sens de ces paroles. On allait penser que Kotowsky avait tué sa femme. L'inspecteur Grass le croyait déjà, mais Arthur n'arrivait pas à se débarrasser de la frayeur qui le paralysait depuis huit heures et demie du matin. Impossible d'échapper au fait qu'il avait tué, non seulement une femme qu'il connaissait, mais qui, de surcroît, habitait la même maison que lui. Impossible, aussi, d'oublier qu'il avait menti au policier. Il avait répondu sous l'impulsion de la peur, oubliant que son mensonge pourrait facilement être découvert. Anthony Johnson pourrait en témoigner. Il était sorti des toilettes à minuit moins dix et il l'avait vu monter l'escalier dans l'obscurité.

Naturellement, il pourrait prétendre qu'il était descendu vider les ordures. Lui? A cette heure et en pardessus? Non, quoi qu'il pût affirmer, le témoignage d'Anthony Johnson serait suffisant pour attirer l'attention de la police sur lui. Et, bien entendu, Anthony Johnson ne manquerait pas de le faire. A l'heure qu'il était, la police l'attendait peut-être chez lui.

Arthur retourna au 142 Trinity Road parce qu'il ne savait où se réfugier. Pas de voiture de police, ni de policier dans le hall. Indécis, il se tint immobile, se demandant si personne ne l'attendait sur son palier. Une porte claqua, comme au temps de Jonathan Dean. Arthur leva la tête. Jonathan Dean descendait l'escalier avec ce noir et Anthony Johnson.

Il parvint à murmurer un vague bonsoir. Winston Mervyn lui répondit. Dean ne parut pas le voir. Peut-être était-il ivre? Il en avait l'air, appuyé au bras de Mervyn, le visage gris et bouffi. Ils sortirent dans la rue.

– Je vous rejoins, dit Anthony Johnson en allant fourrager sur la table. Arthur ne put se décider à monter sans rien dire. Anthony Johnson paraissait ennuyé. Il murmura distraitement :

– Quelle chose affreuse ce meurtre.

Arthur retrouva sa voix pour demander :

– La police vous a-t-elle interrogé ?

Le jeune homme se retourna pour le regarder de ses yeux bleus au regard pénétrant.

– Non, pas encore, c'est même assez curieux; car j'ai des choses à dire.

– Je vois. Irez-vous trouver la police de votre propre chef?

– Je ne le pense pas. Si l'inspecteur veut me voir, il n'a qu'à venir. Je n'entends pas être l'instrument de la justice pour faire enfermer un homme sa vie durant, sauf en des circonstances particulières, si une offense était faite à moi ou à l'un des miens par exemple.

Arthur hocha la tête. Le soulagement le faisait transpirer. La signification des paroles d'Anthony était claire, à peine voilée. Et, comme pour les renforcer, il ajouta :

– Mr Johnson?

– Oui?

– Je voulais vous remercier pour ce mot que vous m'avez adressé il y a des semaines, mais nous n'avons pas eu l'occasion de nous rencontrer. Vous rappelez-vous? Quand vous avez ouvert une de mes lettres par inadvertance.

– Oui.

– C'était très aimable à vous de m'avoir écrit ce mot. Je ne voudrais pas que vous pensiez que je vous en ai tenu rigueur. Ce n'était pas comme s'il s'était agi d'une lettre personnelle.

– Oh ! bien sûr ! ouvrir une lettre destinée à une autre personne serait une terrible intrusion !

XV

Brian Kotowsky était le fils unique d'un juif polonais, maintenant décédé, qui avait émigré en Angleterre au cours des années trente. Sa mère était morte en le mettant au monde.

Stanley Caspian expliqua à Arthur que Jonathan Dean et le frère de Vesta étaient les seuls amis que Brian ait eus. En conséquence, ils avaient été longuement interrogés par la police. Le beau-frère se souvint avoir entendu parler d'une tante de Brian, sœur de son père qui vivait à Brighton, mais quand la police se rendit chez elle, on apprit qu'elle avait été hospitalisée pour une opération bénigne la veille de la mort de Vesta.

– Il a dû s'enfuir en Afrique du sud, déclara Stanley, ils doivent avoir mis une fortune de côté, si l'on considère que tous les deux travaillaient et qu'ils ne me payaient que quatorze malheureuses livres de loyer par semaine pour cet appartement.

– Deux chambres, corrigea Arthur.

– Un appartement de deux pièces, avec réfrigérateur et chauffe eau électrique. C'est bon marché à ce prix. Branchez la bouilloire, mon vieil Arthur. La sœur de la belle-mère de Mrs Caspian a une amie qui connaît un type tenant un bureau de tabac à West Hampstead. Il a raconté à cette amie qu'il aidait la police dans son enquête, car Kotowsky est allé chez lui mercredi matin pour acheter des cigarettes et le journal. Le type l'a identifié d'après ses photos et c'est la dernière personne qui l'ait vu. Voulez-vous un morceau de pâté ?

– Non merci.

– Dieu sait ce qu'il faisait à Hampstead ! Je n'arrive pas à comprendre comment un homme peut tuer sa femme. Moi et Mrs Caspian sommes toujours des tourtereaux depuis que nous sommes mariés. Ils appellent ça un « crime passionnel ». Dieu merci, cela ne s'est pas passé sous mon toit ! Il n'y a rien de tel pour donner mauvaise réputation à une maison. Ce qui me tracasse, c'est que je ne sais pas quand je pourrai relouer l'appartement. Dans la conjoncture actuelle je ne peux me permettre de perdre ainsi de l'argent.

– Je ne serais pas surpris que les autorités posent les scellées et laissent l'appartement fermé pendant des mois et des mois, répondit Arthur non sans malice. Puis-je avoir ma petite enveloppe ?

Dans sa poche, il avait une autre enveloppe mauve venant de Bristol qu'il avait subtilisée dans la boîte aux lettres dix minutes plus tôt. Qui aurait supposé qu'elle écrirait encore, ayant été rebutée de la sorte ? Il se demandait maintenant ce qui l'avait poussé à prendre cette enveloppe. Puisque Anthony Johnson lui avait pardonné d'avoir ouvert sa lettre de la Municipalité, il devait pardonné à Anthony Johnson son acte de destruction par le feu. Il *devait* lui pardonner, car maintenant, il était entièrement à la merci de ce garçon.

Arthur posa l'enveloppe mauve sur la table de la cuisine en s'efforçant de réfléchir calmement. Anthony Johnson avait clairement déclaré qu'il ne pardonnerait pas une intrusion dans son courrier personnel. Aucune lettre ne pouvait être plus personnelle que celle du mardi précédant. Par conséquent, il ne devait jamais apprendre qu'Arthur l'avait prise. S'il soupçonnait quelque chose dans ce sens, il irait certainement raconter à la police ce qu'il avait vu. Anthony Johnson devait donc recevoir cette lettre. Mais qu'arriverait-il si elle mentionnait sa lettre précédante ? Arthur brancha sa bouilloire électrique. L'enveloppe se décolla facilement sous le jet de vapeur. Avec un soin extrême, il déplia la feuille de papier pelure.

Tony chéri, pourquoi n'ai-je aucune nouvelle de toi? Je n'arrive pas à comprendre que tu ne m'aies pas écrit. Les lettres ne se perdent pas ainsi! Cela signifie-t-il que tu ne veux pas m'écrire? Que tu es fâché contre moi? et que tu me fais languir comme je t'ai fait languir dans le passé? Ou bien as-tu besoin de temps pour réfléchir? Je comprends que tu désires du temps pour envisager une nouvelle vie, mais si tu as besoin de quelques semaines, si tu veux attendre la fin du trimestre, ne sais-tu pas que je le comprendrais? Je suis si entièrement à toi, Tony, que je ferai tout ce que tu voudras. Seulement ne me laisse pas dans le doute.

Je n'ai aucune raison d'avoir peur, n'est-ce pas? Je sais que tu m'écriras. Il est possible que quelqu'un, habitant dans ta maison ait ouvert ton courrier par erreur, mais personne n'aurait gardé sans te la rendre cette authentique lettre d'amour. Et pourtant, je me raccroche à cet espoir. Ou bien est-ce ce meurtre commis dans ta rue, dont on parle dans les journaux, qui a provoqué une perturbation dans le courrier?

Car j'ai besoin de croire que tu n'as pas reçu ma lettre, mon chéri. Je te répète ce que je te disais : Je quitterai Roger et je viendrai te rejoindre dès que tu le souhaiteras. H.

Arthur relut la lettre plusieurs fois. Comment pouvait-on s'exprimer avec une telle emphase ? Mais son intuition féminine lui avait fait deviner juste. Sa lettre précédente avait été interceptée par quelqu'un habitant la maison. Par conséquent, Anthony Johnson ne devait pas davantage recevoir cette lettre. Il ne devait plus jamais recevoir aucune lettre de Bristol.

Aucune nouvelle d'Helen n'étant arrivée à la fin de la semaine, Anthony fut partagé entre une colère pleine de ressentiment et la pensée plus raisonnable qu'une lettre avait pu s'égarer. En ce cas, elle écrirait encore la semaine suivante. Avec un sourire amer, il pensa qu'il serait vraiment ironique que ce fût précisément cette lettre importante qui se fût égarée et qu'Helen à son tour s'inquiétât à son sujet.

Cependant, il doutait qu'elle eût pris une décision en sa faveur. Il était plus probable qu'avec son ambivalence habituelle, elle lui avait écrit une lettre qu'elle avait confiée à une collègue pour la poster et que cette lettre était restée poche restante.

Le samedi soir il téléphona à Linthea, mais elle était sortie et la bébé-sitter de Leroy lui répondit. En revanche, le dimanche, elle était chez elle et Anthony fut invité à se rendre à l'appartement de Brasenose Avenue.

Les journaux du dimanche publiaient la photographie de Brian Kotowsky, avec ses cheveux en broussaille et ses yeux tristes. La police le recherchait toujours. Certains journaux demandaient si Vesta n'était pas victime du tueur de Kenbourne, un autre reprenait les propres paroles du pauvre Brian : *le tueur de Kenbourne avait-il encore frappé ?*

Tout en préparant un poulet à la Maryland dans sa cuisine, Linthea parla avec calme et logique du meurtre comme s'il se fut agi de personnages d'un roman policier.

– Si Brian Kotowsky est le meurtrier, il n'a pu se rendre directement chez Dean parce qu'il a quitté votre maison à onze heures moins le quart et qu'elle n'est partie du *Grand Duc* que dix minutes plus tard. On prétend qu'il aurait fait le guet dans la rue, par une nuit glaciale, ignorant quand et par où elle arriverait. Et même dans ce cas, ils auraient dû rentrer à la maison pour s'expliquer. Il ne l'aurait pas tuée dans cette ruelle sombre, c'est ridicule.

– Nous ignorons ce qu'ils ont pu se dire.

– La police croit toujours que les épouses assassinées le sont par leurs maris et, en considérant ce que je vois presque chaque jour dans mon travail, je comprends pourquoi.

Il pensa à la façon dont Helen aurait expliqué le drame, utilisant son imagination fertile pour exposer la situation. Linthea regardait les faits prosaïquement, comme lui. Il avait plus de points communs avec elle qu'avec Helen. Il était étrange qu'une jeune Anglaise blonde fût aussi passionnée et imaginative et que cette Antillaise fût calme et positive.

Ce soir-là, Linthea avait déroulé ses longs cheveux noirs sur ses épaules. Elle portait autour du cou, une lourde chaîne en or qui brillait sur sa peau brune. Il songea à son mari et se demanda si elle avait un autre homme dans sa vie.

Plus tard, quand ils eurent dîné et qu'elle eut épuisé le sujet des Kotwsky, il eut envie de lui parler d'Helen, mais si vous voulez faire la cour à une femme, pouvez-vous lui confier votre amour déçu pour une autre, surtout si le fils de cette femme est dans la même pièce que vous et vous presse de faire une partie de scrabble ?

– Il ne se couche pas de bonne heure, remarqua-t-il.

– Il n'a pas classe demain, dit-elle gaiement, le scrabble est un jeu instructif. Il a une très mauvaise orthographe.

Ils jouèrent donc au scrabble jusqu'à minuit. Leroy alla se coucher fort satisfait et Linthea déclara :

– Je vous renvoie chez vous, maintenant, Anthony, vous devez être en forme pour affronter vos psychopathes.

En tout cas, il ne se sentit pas très en forme le mardi parce qu'il s'était réveillé à quatre heures du matin et n'avait pu se rendormir. Toute la journée il se demanda si une lettre l'attendrait quand il rentrerait à la maison. Ce soir-là, la table du hall était vide. Aussi le lendemain matin commença-t-il à se sentir anxieux. Avant de sortir, il attendit l'arrivée du courrier et, à neuf heures il alla le chercher dans la boîte aux lettres. Il trouva deux enveloppes : une pour Li-li l'autre pour Winston. Il y avait maintenant deux semaines qu'Helen n'avait pas écrit. Il se demanda s'il devait rompre sa promesse et l'appeler à son bureau. Elle était l'assistante du conservateur d'un musée de la marine. Mais pourquoi se plier à sa volonté et jouer le jeu de l'amour courtois quand elle ne lui offrait rien en échange ? Non. Il ne téléphonerait pas. Peut-être même ne l'appellerait-il pas non plus le dernier mercredi du mois. Il y avait Linthea. Linthea qui n'avait pas de lien, qui vivait et travaillait dans un monde qu'il comprenait, Linthea qui n'était pas déformée par l'abus de la poésie et du rêve et qui n'était pas dotée d'une sensibilité s'émoussant au moindre contact. Mais surtout, cette histoire ne devait pas affecter sa thèse. Il avait commencé à l'écrire et le début était prometteur. Il reprit sa plume :

L'étude de différents cas a prouvé que la majorité des psychopathes redoutent leurs propres fantasmes et ont autant que des sujets normaux, le sens de la culpabilité.

Un coup discret frappé à sa porte l'interrompit. Arthur Johnson, vêtu comme d'habitude d'un costume gris et d'une chemise immaculée se tenait sur le seuil.

– Je m'excuse bien vivement de cette intrusion, mais je suis obligé de vous déranger au sujet de la petite question du loyer. Votre première semaine d'avance vient à échéance demain.

– Oh ! bien sûr ! Un chèque fera-t-il l'affaire ?

– Admirablement.

Pendant qu'Anthony libellait le chèque, Arthur, d'un geste méticuleux, sortit un petit carnet de compte et une enveloppe brune sur laquelle était écrit, avec un touchant souci du détail : *Mr Anthony Johnson, Chambre N° 2 142 Trinity Road, Londres W15 6HD.*

– Si vous voulez bien être assez aimable pour placer votre chèque à l'intérieur de ce carnet chaque vendredi et le carnet dans l'enveloppe, je viendrai le chercher ou bien vous pouvez le déposer sur la table du hall.

Anthony acquiesça.

– Dieu merci, la police a cessé de nous inquiéter.

– Je n'ai pas été inquiété du tout, jusqu'ici, répondit Anthony.

– Naturellement, il n'y a pas le moindre doute sur la culpabilité de Mr Kotwsky. On sait qu'il s'est réfugié en Afrique du sud d'où il va être extradé.

– Sottises que tout cela, déclara Anthony sur un ton plus sec qu'il n'en avait eu l'intention. Personnellement, je n'ai jamais cru un seul instant qu'il était coupable.

Au cours de la semaine écoulée, Arthur avait été perturbé en s'apercevant que, par deux fois, le courrier avait été ramassé par quelqu'un d'autre. Mais cela ne s'était pas reproduit depuis le samedi. Grâce à la surveillance qu'il avait exercé, guettant de sa fenêtre l'arrivée du facteur, au coin de Camera Street, il s'était arrangé pour se trouver dans le hall; au bon moment. De toute façon, aucune autre enveloppe mauve n'était arrivée. Cette femme n'écrirait plus. Le mardi dix-neuf novembre et le mercredi vingt passèrent. C'étaient des jours cruciaux, mais ils n'apportèrent à Anthony qu'une lettre de sa mère. Arthur se sentait plus détendu et paisible qu'il ne l'avait été depuis la nuit du cinq novembre, bien qu'il éprouvât une certaine amertume à constater que maintenant que c'était trop tard et sans importance, deux fois par semaine aucune lumière ne brillait dans la cour. Peu de chose lui échappait. Il avait vu cette femme noire rendre visite à Anthony avec son fils. Il l'avait revue seule, et quand il avait observé le départ d'Anthony avec une bouteille de vin sous le bras, il avait deviné où il se rendait.

Bien qu'il déplorât que cet Anglais blond s'intéressât à cette femme noire, Arthur pensa que cette aventure distrayait au moins le jeune homme de la femme de Bristol.

Le vendredi vingt-deux novembre était froid et humide. Arthur vit Anthony Johnson sortir à huit heures et demie. Puis, Li-li Chan émergea de sa chambre. Elle se tint devant la porte sous un parapluie rouge en forme de pagode, examinant toutes les voitures qui débouchaient dans Trinity Road. Soudain, la porte d'entrée claqua à la manière de Jonathan Dean et Arthur entendit les hauts talons résonner dans l'escalier. Il entrouvrit sa porte. Li-li était au téléphone.

– Vous avez dit que vous viendriez à huit heures et demie, je vais être en retard à mon travail... Vous ne vous seriez pas endormi si j'avais été avec vous?... Je le ferai peut-être ou peut-être pas... Bien sûr, je vous aime. Maintenant dépêchez-vous avant que je ne sois renvoyée de mon travail !

La voiture n'arriva qu'à neuf heures moins cinq. Une conduite intérieure bleue. Arthur descendit chercher le courrier. Il n'y avait rien dans la boîte aux lettres, mais en se retournant, il vit une pile de lettres sur la table. Le facteur avait dû passer pendant qu'il écoutait la conversation téléphonique et Lily avait ramassé le courrier elle-même.

Il y avait deux circulaires pour Winston Mervyn et – incroyable mais vrai ! – une enveloppe mauve avec l'oblitération de Bristol. H. avait encore écrit ! Ne s'arrêterait-elle jamais? Arthur prit l'enveloppe en la tenant à bout de bras comme si elle allait exploser. Il avait décidé qu'aucune lettre de Bristol ne devait parvenir à Anthony Johnson. Mieux valait brûler celle-ci immédiatement. Et pourtant... un frisson la secoua. Li-li avait ramassé cette lettre. Elle s'en souviendrait peut-être. Si Anthony s'étonnait de ne pas recevoir de courrier, il poserait peut-être des questions et Li-li pourrait lui dire...

A nouveau, il décacheta l'enveloppe à la vapeur.

Tony chéri, que t'ai-je fait? Pourquoi me rejettes-tu sans un mot d'explication? Tu m'as suppliée de prendre une décision et de t'en informer le plus rapidement possible. Je t'ai écrit aussitôt que j'étais décidée à quitter Roger dès que tu m'aurais confirmé que je pouvais venir te rejoindre. C'était le cinq novembre. Nous sommes le vingt-et-un. Je t'en prie, dis-moi en quoi j'ai commis une faute. Est-ce parce que je t'ai dit que je ne pouvais te promettre de t'aimer toujours? J'ai regretté plus de mille fois t'avoir écrit ces mots. Ou bien est-ce parce que je n'ai pas encore parlé à Roger? Je peux te jurer que j'attends seulement ta lettre pour le faire.

Je pense que je t'ai perdu. Pour autant que je sois encore capable de raisonner de façon rationnelle, je crois que je ne te verrai jamais plus. Tony, tu aurais peut-être pitié de moi si tu voyais mon désespoir.

Je serais venue à toi si je ne craignais ta colère. Tu m'as dit qu'il y avait d'autres femmes dans le monde. Je crains de venir et de te trouver avec une autre femme. Cela me tuerait. Tu m'as juré que j'étais la seule femme pour qui tu aies éprouvé une véritable passion, tu m'as assurée que l'expression « être amoureux » t'avait toujours semblée démodée et que tu n'en avais compris la signification que le jour où tu étais tombé amoureux de moi. Ces sentiments n'ont pu être anéantis en un jour.

Roger est parti en Écosse. Il sera absent au moins quinze jours et il voulait que je l'accompagne. Tony, pendant que je suis seule ici, peux-tu me téléphoner à la maison? A n'importe quelle heure pendant le week-end. Je ne sortirai pas. Ou bien le soir au cours de la semaine suivante. Si j'ai jamais signifié quelque chose pour toi dans le passé, je te demande de me téléphoner. Même si c'est pour me déclarer que tu ne veux plus de moi, je veux l'entendre de ta bouche.

Cependant, si tu n'appelles pas, et je dois envisager cette hypothèse, alors je ne t'écrirai plus. Je ne sais pas ce que je deviendrai, mais ce qui me reste d'orgueil m'empêchera de me jeter à ta tête plus longtemps. Aussi, quoi qu'il advienne maintenant, ceci sera ma dernière lettre. H.

Arthur lut et relut cette dernière phrase qui l'enchantait. Pourtant, si Anthony Johnson lisait cette lettre, il téléphonerait aussitôt et le pot aux roses serait découvert. D'un autre côté, Anthony devait recevoir cette lettre parce que Li-li Chan l'avait vue.

Que faire? Il lui fallait réfléchir. Pour la première fois depuis des années, il allait être en retard à son travail.

Il répondit au courrier de Granger dans un état second, s'arrêtant de temps à autre pour sortir la lettre de H. de sa serviette et la relire.

Devait-il miser sur la chance que Li-li n'avait pas remarqué l'enveloppe mauve et pouvait-il la détruire impunément? Mais il se rappela brusquement avec terreur que même s'il ne recevait la dernière lettre d'H., Anthony découvrirait l'injure qui lui avait été faite, car le mercredi vingt-sept, dernier mercredi du mois, il téléphonerait à H. comme il le faisait toujours et tout serait dévoilé.

Glissant deux feuilles de papier dans sa machine, Arthur se mit à taper en pensant à autre chose. La lettre de H. devait retourner au 142 Irinity Road avant une heure de l'après-midi et il était onze heures. Inutile de retourner le problème dans sa tête alors qu'il n'y avait aucune solution. En recevant cette lettre, le jeune homme se rendrait immédiatement à la police. Alors, on cesserait de rechercher Brian Kotowsky pour s'intéresser à Arthur Johnson qui ne sortait jamais le soir et qui était précisément sorti cette nuit-là. Arthur habitait déjà Kenbourne Vale au moment du meurtre de Maureen Cowan et de Bridget O'Neill... Il avait maladroitement menti à la police... Arthur se frotta les mains pour les empêcher de trembler.

Il lui fallaut un colossal effort de concentration pour terminer le courrier de Mr Grainger. Au lieu de conseiller à Mr Coleman de s'adresser à un cabinet d'architectes, il fallait suggérer que Mr Grainger serait lui-même très heureux d'entreprendre ce travail. Arthur froissa la feuille de papier. Il devait composer une lettre très différente.

Soudain, il répéta à haute voix la phrase qu'il venait de prononcer inconsciemment : *il devait composer une lettre très différente.*

XVI

Pour ses lettres, H. utilisait toujours le même papier pelure dont Grainger se servait pour ses duplicata. De plus, elle employait une machine à écrire identique à celle d'Arthur. Supposons qu'il écrive lui-même une missive et qu'il la glisse dans l'enveloppe mauve? Il s'agirait de l'enveloppe originale, portant l'oblitération et la date correctes et elle pourrait être placée à temps que la table du hall. Seul le contenu serait différent.

Arthur, qui avait passé une demi-journée à composer un mot d'excuse fut frappé par l'amplitude et le danger de cette tâche. Cependant, cette lettre n'aurait pas besoin d'être longue. Au contraire, elle devrait être aussi courte que possible. Il saurait imiter le style emphatique d'H. et commettre le genre de fautes de frappe qu'elle faisait. Heureusement, elle signait ses lettres d'une initiale facile à reproduire.

Il glissa deux feuilles de papier dans sa machine. La date : le 21 NOvembre. Le O de novembre en majuscule ainsi que le N.

Tony chéri, non, elle ne l'appellerait pas « chéri » dans ce genre de lettre. *Cher Tony*? Finalement, il tapa « Tony ». Les seules lettres personnelles qu'Arthur avait jamais écrites étaient adressées à son Oncle Alfred pour le remercier d'un mandat envoyé pour son anniversaire. Cela ne lui était d'aucune aide.

Finalement, il se rappela qu'elle commençait toujours ses lettres en lui demandant pardon.

Tony, pardonne-moi. Je suis désolée de ne pas t'avoir écrit plus tôt comme je te l'avais promis. Je savais que tu serai fâché si je te disais que je n'arrivais pas à prendre une décision. J'ai réfléchi et j'ai décidé de rester avec Roger. Je suis sa femme, mon devoir est de ne pas le quitter.

Jusque-là c'était parfait. Arthur chercha au fond de sa mémoire, des souvenirs de vieux films mélodramatiques.

Je ne t'ai jamais vraiment aimé. Ce n'était qu'un engouement.

Il restait le point le plus important, justifiant l'envoi de cette lettre destinée à mettre un terme à toute communication entre H. et Anthony Johnson.

Juste avant une heure, Barry entra pour annoncer qu'il avait déjeuné et qu'il resterait là afin de répondre au téléphone pendant qu'Arthur serait absent.

Il pleuvait toujours. Arthur prit son parapluie et partit pour Trinity Road. La maison était vide. Rien n'avait été touché sur la table. Il s'assura que le revers de l'enveloppe avait suffisamment de colle et plaça celle-ci bien en évidence au milieu de la table.

Construite en briques roses, dans le style des années soixante, la maison avait de larges fenêtres pour laisser entrer la lumière. La famille qui avait habité là depuis sa construction, avait planté tous les ans un arbre de Noël dans le jardin, si bien qu'une douzaine d'épiceas se tenaient en rang, chacun un peu plus haut que l'autre. En sortant dans le jardin en compagnie de Winston, Anthony pensa à Helen et à la joie que lui auraient donnée ces arbres de Noël. Elle y aurait vu une preuve d'harmonie domestique, de quiétude et de permanence. La rue en impasse était tranquille, les enfants pouvaient y jouer en sécurité, mais il n'y avait pas d'enfant maintenant, car il faisait nuit à six heures du soir.

– Qu'en pensez-vous? demanda Winston.

– C'est une très jolie maison qui vaut bien ses vingt mille livres; mais ce n'est pas la demeure d'un célibataire. Il faut vous marier et avoir un tas d'enfants. Avec un peu de chance, vous pourrez encore planter au moins une quarantaine d'arbres de Noël!

– Dois-je prendre cela comme un sarcasme?

– Excusez-moi.

La vue de cette maison l'avait rendu amer. Elle ne constituait pas son idéal, il la trouvait trop bourgeoise, trop conventionnelle et cependant, elle était parfaite pour y élever une famille. Les relations sont difficiles à entretenir. Une seule femme peut rendre un homme partial. Il songea à sa jeunesse perdue à courir après Helen...

– Je crois que je vais l'acheter, dit Winston, je viendrai vivre ici au milieu des rupins. Au tournant d'une rue plus large, il indiqua un petit manoir: Caspian habite là.

Ils se rendirent à pied jusqu'à l'arrêt du K 12. Il tombait une pluie fine et glacée qui laissait une poussière blanche sur le trottoir.

Au fur et à mesure que l'autobus s'éloignait, le quartier changeait comme cela arrive souvent à Londres. A nouveau, ils étaient au milieu de villas à toit terrasse, sans jardin, un peu plus loin se dressaient des immeubles de rapport.

– On reconnaît toujours les logements sociaux à leurs fenêtres trop petites, l'avez-vous remarqué? demanda Anthony.

– Et à leur hideuse architecture. Cela donne aux architectes de troisième ordre l'occasion de faire des expériences sur le dos de gens qui n'ont pas les moyens de refuser.

– Ce n'est pas votre cas.

– Vous avez bien mauvais caractère ce soir, dit Winston en descendant de l'autobus. Excusez-moi, je vais acheter un journal et un paquet de Philip Morris.

Anthony l'attendit sur le trottoir. Quelle mouche le piquait? Pourquoi se montrait-il si agressif envers ce nouvel ami qu'il aimait bien? Il se tenait debout, immobile sous la pluie battante ce vendredi vingt-deux novembre. Il fallait encore attendre cinq jours pour arriver au dernier mercredi du mois. Alors, il lui téléphonerait. Il songea au joli visage qu'il aimait et qu'il n'avait pas vu depuis deux mois. Comme était loin la dernière fois qu'il avait tenue dans ses bras sa chère Helen aux yeux tendres, au sourire qui enchantait sa vie... Pour la revoir, même si ce n'était pas de façon permanente, n'était-il pas prêt à sacrifier son orgueil? Oui, mercredi, il lui téléphonerait, il saurait trouver les mots pour la persuader.

Winston sortit de la boutique, le journal déplié à la main. Il le tendit à Anthony :

– Regardez !

La première chose que vit Anthony fut la photographie de Brian qui avait paru tant de fois au cours des derniers jours. C'était le même visage placide, aux cheveux hirsutes, au regard implorant. La manchette annonçait : *Le mari de Vesta retrouvé noyé.*

L'article était bref :

Le corps d'un homme découvert noyé sur la plage de Hastings, Sussex a été identifié aujourd'hui comme étant celui de Brian Kotowsky, trente-huit ans, mari de Vesta Kotowsky, étranglée le jour de la fête de Guy Fawkes à Kenbourne Vale. Mr Kotowsky avait disparu de son domicile le lendemain de la mort de son épouse. Mr Brian Kotowsky, antiquaire, demeurant à Trinity Road, avait de la famille à Brighton. Sa tante, Mrs Janina Shaw a déclaré ne pas avoir vu son neveu depuis neuf ans.

« Nous avons été très liés », a-t-elle précisé, « mais nous nous sommes perdus de vue quand Brian s'est marié. J'ignore si mon neveu est venu me voir chez moi avant sa mort car j'étais hospitalisée ».

Une enquête aura lieu.

Anthony regarda Winston. Celui-ci haussa les épaules, le visage fermé. La pluie marquait le journal d'une longue traînée humide. Ils parlèrent peu sur le chemin de retour. En arrivant dans Trinity Road, Anthony déclara :

– Je n'aurais pas dû le laisser partir. J'aurais dû l'obliger à se mettre au lit et rien ne serait arrivé.

– Personne n'est responsable d'un adulte.

– Pouvez-vous définir ce qu'est un adulte ? Ce n'est pas une question d'âge.

Anthony n'ajouta rien. En entrant dans le hall, il se souvint avoir rencontré Brian là pour la première fois. Il était assis sur une marche, laçant son soulier. Il s'était levé en disant « Mr Johnson je présume ? » Maintenant, il était mort. Il entendit vaguement Winston lui annoncer qu'il avait un rendez-vous à sept heures et demie et qu'il devait se presser.

– J'ai moi-même du travail. Amusez-vous bien.

– J'essaierai, mais j'aurais préféré ne lire ce journal que demain.

Winston avait commencé à gravir les marches quand il se pencha sur la rampe et redescendit pour s'approcher de la table. Il ramassa trois lettres.

– Maintenant que je suis décidé à acheter cette maison, il faut que je prévienne ces agences immobilières de ne plus m'écrire. Il prit une enveloppe mauve portant l'oblitération de Bristol et la tendit à Anthony :

– Tenez, il y a une lettre pour vous.

Ainsi, enfin elle avait écrit ! Pour lui demander de patienter encore un peu ? Ou bien avait-elle été malade ? Il ouvrit sa porte, alluma la lumière et brancha le radiateur électrique. D'un doigt impatient, il décacheta l'enveloppe. Une seule feuille de papier. Cela signifiait qu'elle avait peu de choses à dire et qu'elle s'était décidée en sa faveur. Il lut :

Tony, pardonne-moi. Je suis désolée de ne pas t'avoir écrit plus tôt comme je te l'avais promis. Je savais que tu serais fâché si je te disais que je n'arrivais pas à prendre une décision. J'ai bien réfléchi et j'ai décidé de rester avec Roger. Je suis sa femme, mon devoir est de ne pas le quitter. Je ne t'ai jamais vraiment aimé, ce n'était qu'un engouement. Il faut m'oublier et bientôt ce sera comme si tu ne m'avais jamais connue. Ne me téléphone pas. N'essaie pas de me joindre. Plus jamais. Roger serait fâché si tu le faisais. Souviens-toi que ma décision est irrévocable. Je ne te verrai plus. Inutile de chercher à me contacter. H.

Anthony relut la lettre parce qu'il n'arrivait pas à y croire. Il lui semblait que cette lettre était écrite par une autre personne s'adressant à quelqu'un d'autre et avait été glissée par mégarde dans l'enveloppe mauve dont la couleur et la texture avaient toujours possédé une sorte de magie.

Ces absurdités ne pouvaient lui être destinées. Helen ne pouvait lui avoir écrit cela. Et pourtant, elle l'avait fait ! C'était bien son papier, sa machine et jusqu'à ses fautes de frappe !

Il relut la lettre une troisième fois. Comment pouvait-elle écrire de pareils clichés ? Comment osait-elle le laisser attendre trois semaines pour écrire ça ? Le style le consternait autant que les sentiments qui étaient exprimés. Son « devoir de rester avec Roger et ce mot de midinette « engouement » et, pour finir, cette formule journalistime « me contacter ».

Il examina la lettre, la scruta, l'analysa, sans arriver à se persuader qu'Helen pouvait en être l'auteur.

La vérité lui apparut alors dans un éclair. Naturellement ! Cette lettre lui avait été dictée par Roger. Au lieu de le calmer, cette constatation le rendit encore plus furieux. Elle avait confessé leur liaison à Roger et il l'avait obligée à écrire cela. Quelle sorte de femme était-elle pour accepter cette situation ? Une profonde humiliation l'envahit en imaginant la rédaction d'une telle missive. L'abjection de cette femme, acceptant le pardon d'un mari qui reléguait Anthony au rôle de gigolo !

– Règle son compte à ce jeune présomptueux ! Fais-lui comprendre que tu es ma femme et où sont tes devoirs. Et pour l'amour du ciel, Helen, que ce soit irrévocable !

Irrévocable.

Il froissa la lettre, puis il la déchira en petits morceaux pour ne plus avoir la tentation de la relire encore et, avisant un paquet entamé de Marlboro sur la table, il se mit à fumer cigarette sur cigarette.

XVII

Arthur apprit la mort de Brian Kotowsky en écoutant les informations de neuf heures à la télévision. Le présentateur déclara seulement que le corps avait été identifié et qu'il y aurait une enquête. Mais Arthur était satisfait. Il n'avait jamais songé que des remords de conscience auraient pu le troubler si Brian avait été condamné pour le meurtre de sa femme. Pour lui, Brian Kotowsky n'existait pas. Son indifférence à son égard était renforcée par une aversion naturelle envers quelqu'un qui buvait et était bruyant. Du reste, Kotowsky aurait peut-être été acquitté. Rien ne pourrait l'innocenter maintenant. Son suicide était la preuve de sa culpabilité. La police considérerait l'affaire comme close.

Il regrettait un peu sa falsification du matin. Sa vie avait été tellement gâchée par la peur ! Il avait perdu tellement de temps à se morfondre ! Tout cela pour rien. Il se consola à la pensée que sur le moment, il n'avait pas eu le choix. Sans aucun doute, la nouvelle de la mort de Kotowsky n'avait pas été annoncée dans les premières éditions des journaux du soir. De toute façon, il ne l'aurait pas su à temps pour éviter la substitution de la lettre. Maintenant, même si Anthony Johnson découvrait la vérité, il ne pourrait prendre à son encontre aucune mesure préjudiciable. La police avait un coupable : un mort incapable de se défendre.

Arthur regarda paisiblement un vieux film sur la

construction du Canal de Suez avec Loretta Young dans le rôle de l'impératrice et Tyrone Power dans celui de Lesseps. Il prit grand plaisir à ce film qu'il avait déjà vu avec tante Gracie quand il avait treize ans. Il se sentait d'humeur euphorique. Demain, samedi, il porterait son linge à la laverie. Une nièce de Mr Grainger s'occupait des machines pour se faire un peu d'argent de poche et il pourrait lui confier son linge pendant qu'il ferait ses achats. Il s'offrirait peut-être un canard pour dimanche afin de célébrer son nouvel état d'esprit.

Il existe mille et une manières de terminer une histoire d'amour. Anthony en avait connu beaucoup, mais avec Helen c'était différent.

Il aurait accepté un dernier entretien, une explication définitive ou même une lettre honnête l'invitant à lui téléphoner pour une ultime conversation. Il ne pouvait accepter d'être congédié comme un domestique. Il restait le dernier mercredi du mois : demain. Il demanderait à Linthea de lui permettre d'utiliser son téléphone afin qu'il n'ait pas cette contrainte avec l'argent qu'il fallait sans cesse ajouter dans l'appareil. Helen apprendrait qu'elle ne pouvait le renvoyer comme s'il était un homme avec qui elle avait passé une nuit.

Leroy était encore à l'école quand il rendit visite à Linthea en revenant de la bibliothèque.

– Quand vous voudrez, lui répondit-elle, mais je dois sortir à huit heures, aussi lorsque vous aurez téléphoné, pourriez-vous rester avec Leroy une heure ou deux ?

Ce n'était pas exactement ce qu'il avait envisagé. Il aurait aimé recevoir un peu de réconfort après sa conversation avec Helen. D'un autre côté, de cette façon, Linthea ignorerait à qui il avait téléphoné et pourquoi. Il aurait largement le temps, au cours des semaines suivantes de venir se faire consoler...

Linthea était prête à sortir quand il arriva. Leroy jouait au monopoly dans sa chambre avec Steve et David. Parce qu'il n'était que huit heures moins dix, Anthony passa le temps à lire un article sur Brian Kotowsky dans les journaux du soir.

On avait la preuve du meurtre de Vesta Kotowsky trois semaines plus tôt, mais rien ne prouvait qu'il en fût l'auteur. Son corps avait séjourné quinze jours dans l'eau et l'identification avait été difficile. En l'absence de toute lettre expliquant son suicide ou de déclaration avant sa mort, le verdict fut celui d'un accident. Dans un paragraphe à part, le superintendant Howard Fortune, chef du CID de Kenbourne Vale avait simplement noté « Je n'ai aucun commentaire à ajouter à ce stade ».

Huit heures. Il attendrait encore dix minutes. Steve et David retournèrent chez eux. Anthony bavarda avec Leroy. A huit heures et quart, il alluma la télévision, donna quelques biscuits et un verre de lait à Leroy et s'enferma dans la chambre de Linthea où se trouvait le téléphone.

Il composa le numéro de Bristol. Quand le téléphone eut carillonné une dizaine de fois, il comprit qu'elle ne répondrait pas. Après tout ce qu'il y avait eu entre eux, allait-elle rester simplement assise, laissant le téléphone sonner? Elle devait pourtant savoir que c'était lui.

Au bout d'un moment, il retourna près de Leroy pour regarder un programme de variété. A neuf heures, il oublia d'envoyer l'enfant se coucher comme il l'avait promis. Il composa à nouveau le numéro d'Helen. Sans doute était-elle sortie, devinant qu'il appellerait. Voilà comment elle avait l'intention de réagir s'il essayait de « la contacter »! Et lorsque Roger serait à la maison, ils s'entendraient pour ne pas répondre au téléphone. Il reposa le récepteur et resta assis auprès d'un petit garçon très content qui n'alla se mettre au lit que quelques minutes avant le retour de sa mère. Linthea arriva en compagnie de Winston Mervyn.

– Je ne vous dois rien pour le téléphone, dit Anthony, je n'ai pu obtenir la communication.

Il rentra chez lui et s'allongea sur son lit en cherchant un moyen de joindre Helen. Naturellement, il pouvait se présenter chez elle. Il pourrait y aller samedi, Bristol n'était qu'à deux heures de train. Roger serait là, mais il n'avait pas peur de lui, de ses colères et de ses pistolets. Devant un Roger jouant les maris outragés et une Helen obéissant à ce qu'elle avait l'effronterie d'appeler « ses devoirs », que pourrait-il faire? Du reste, il ne ferait rien du tout, car Roger ne lui permettrait pas d'entrer.

S'il avait su où elle habitait, il aurait pu téléphoner à la mère d'Helen. La sœur et le beau-frère? Ils ne s'étaient guère montrés sympathiques dans le passé. Finalement, il sombra dans un sommeil peuplé de cauchemars. Quand il se réveilla à sept heures, il songea que le plus simple serait d'appeler au musée. Il ne l'avait jamais fait jusque-là, mais la fin justifia les moyens.

Il avait eu l'intention de passer la journée à la bibliothèque du British Museum, mais peu importait l'heure à laquelle il irait. A neuf heures, il alla acheter un paquet de Philip Morris afin d'avoir de la monnaie.

En revenant, il croisa Arthur Johnson, vêtu d'un pardessus gris, tenant sa serviette à la main, l'image même de la respectabilité. Arthur le salua et remarqua que le temps était supportable pour la saison, ce à quoi Anthony acquiesça distraitement.

La maison était vide et totalement silencieuse. Il

monta jusqu'au téléphone et composa le numéro. Une voix de femme inconnue répondit :

– Frobestier Museum à votre service.

– Puis-je parler à Mrs Helen Garvist ?

– De la part de qui ?

– C'est personnel.

– Je suis obligé de vous demander votre nom, Monsieur.

– Anthony Johnson.

Elle le pria de ne pas couper. Au bout de quelques minutes, elle lui déclara que Mrs Garvist n'était pas là.

– Mais elle doit être là ! protesta-t-il.

– Je regrette, elle n'est pas là.

Alors, il comprit. Helen aurait pris la communication s'il n'avait pas décliné son identité, mais sachant que c'était lui, elle refusait de lui répondre.

– Puis-je parler au conservateur ?

– Je vais voir s'il est libre.

Anthony dut ajouter une pièce de monnaie dans l'appareil.

– Norman Lequeuex à l'appareil, dit une voix cultivée.

– Je suis un ami de Mrs Helen Garvist. Je l'appelle de Londres, je voudrais lui parler, c'est urgent.

– Mrs Garvist a pris quinze jours de repos sur son congé annuel, Mr Johnson.

– En novembre ? C'est impossible.

– Je vous demande pardon ?

– Je regrette, mais je ne vous crois pas. C'est elle qui vous a demandé de me répondre qu'elle n'était pas là, n'est-ce pas ?

Il y eut un silence étonné, puis le conservateur déclara :

– Je pense que nous n'avons plus rien à nous dire, et il raccrocha.

Anthony s'assit sur une marche de l'escalier. Il est facile de devenir paranoïaque en certaines circonstances et de croire que le monde entier est contre vous ! Et pourtant ! Pourquoi Helen prendrait-elle des vacances à cette époque de l'année ? Non, il était infiniment plus probable qu'ayant décidé de ne pas lui répondre, elle avait demandé à son patron de déclarer qu'elle était absente.

– Kotowsky va être incinéré aujourd'hui, annonça Stanley Caspian. Mrs Caspian pense que je devrais faire acte de présence au crematorium, mais il y a des limites. Où ai-je mis mon paquet de frites, Arthur ?

– Le voici.

– Vilain temps pour des funérailles. Elles auront lieu à onze heures et demie, m'a-t-on dit. Enfin, j'ai deux bonnes nouvelles, Arthur. Les flics m'ont annoncé que je pouvais relouer l'appartement N° 3 à ma convenance, c'est-à-dire dès la semaine prochaine.

– Il aurait besoin d'un coup de peinture pour lui donner un petit air de jeunesse.

– C'est ce dont nous aurions bien besoin, vous et moi, mon vieil Arthur, mais je ne prévois pas davantage de ravalement de la façade pour l'appartement que pour nous. Néanmoins, je ne vois pas d'objection à ce que le nouveau locataire procède lui-même à ces travaux à ses frais.

– Puis-je savoir quelle est l'autre bonne nouvelle ?

– Bien sûr, mais je ne sais pas si elle va tellement vous réjouir. Votre loyer va augmenter, Arthur. C'est parfaitement légal aussi vous n'avez pas besoin de faire cette tête-là ! Le loyer est porté à quarante-cinq livres par an, ce qui fait deux livres de plus par semaine dans cette petite enveloppe, s'il vous plaît.

Arthur avait envisagé cette éventualité. Il pouvait supporter cette augmentation. Il savait que la loi permettait seulement une augmentation limitée, par ces temps difficiles, mais il n'allait pas laisser Stanley s'en tirer aussi facilement.

– Vous avez raison, sans aucun doute, mais naturellement, je dois considérer la défense de mes intérêts et je soumettrai le nouveau bail à mon notaire. Avant de partir, il lança encore : je crains que vous n'ayez quelques difficultés à louer ces chambres. Les derniers locataires tous deux frappés de mort violente, les gens n'aiment guère ce genre de publicité.

Il prit son enveloppe et monta chez lui. Il espérait que tout éventuel locataire des chambres des Kotowsky se présenterait pendant qu'il serait là, auquel cas, il se ferait un devoir de les renseigner.

Il faisait une journée brumeuse, pas assez couverte pour prendre son parapluie. Son sac en plastique orange d'une main, son panier à provisions de l'autre, il partit en direction de la laverie.

La nièce de Mr Grainger promit de surveiller la machine et flatta Arthur en le félicitant sur la qualité de ses draps. Il acheta une sole pour déjeuner, une livre de choux de Bruxelles et un morceau de collier d'agneau pour dimanche. L'autobus K12 s'arrêta devant le *Waterlily*. Pris d'une subite impulsion, Arthur y monta et descendit devant le cimetière. La porte de la chapelle était fermée. Il l'ouvrit avec difficulté.

Une conversation avait lieu à l'intérieur, car comment qualifier la situation quand un homme parle et qu'un autre écoute ? Celui qui parlait était un prêtre, celui qui écoutait, seul membre de cette congrégation, était Jonathan Dean. Brian Kotowsky avait un seul ami pour le pleurer. Le cercueil, recouvert d'un drap pourpre s'ébranla. Silencieusement, les rideaux de velours beige se refermèrent. Brian Kotowsky, comme la dame blanche d'Arthur, allait finir par le feu.

Arthur se glissa dehors. Il ne voulait pas être vu.

Il marcha vers les grilles en passant entre les tombes et s'arrêta devant une pierre tombale en granit rouge sur laquelle étaient gravés ces mots :

Arthur Leopold Johnson 1855-1921, Marian Lilian Johnson 1857-1918, épouse bien-aimée du précédant Grace Maria Johnson 1888-1955 leur fille. Bénis soient ceux qui sont morts avec le Seigneur.

Il n'y avait pas de place pour lui, ni pour sa mère qui était peut-être déjà morte. C'était sans doute pour cela qu'elle ne s'était pas manifestée à l'enterrement de tante Gracie.

Il se revoyait encore dans son beau costume noir, avec sa cravate noire assis dans le salon de la maison de Magdalen Hill, attendant ceux qui devaient assister à la cérémonie. Oncle Alfred, qui lui envoyait un mandat le jour de son anniversaire, les Winter, la mère de Beryl et Mrs Goodwin, la voisine. C'était elle qui lui avait appris la mort de tante Gracie.

Cela s'était passé un matin glacial de mars. La chambre d'Arthur était très froide, mais personne dans son milieu et à cette époque ne songeait à chauffer les chambres. Tante Gracie le réveillait à sept heures et demie. Il ne lui avait jamais demandé pourquoi il devait se lever si tôt alors qu'il travaillait à côté et ne commençait pas avant neuf heures et demie. Elle lui avait porté un broc d'eau chaude dans la salle de bains pour se raser, et avait sorti du linge propre parce qu'on était lundi.

– Si tu te laves tous les jours, Arthur, tu n'as pas besoin de te changer plus d'une fois par semaine.

En revanche, il mettait une chemise blanche propre tous les jours parce que cela se voyait. En bas, à la cuisine, son couvert était dressé. Depuis qu'il était un homme, tante Gracie déjeunait avant lui et le servait parce qu'il était le maître de la maison. Un bol de céréales l'attendait, avec un œuf et deux tranches de bacon. C'était immuable. Il en avait été de même ce jour-là. Elle n'avait pas encore coiffé les boucles de sa nouvelle permanente et portait une jupe grise et une blouse lilas sous son tablier noir.

– On dirait qu'il va pleuvoir.

Au fur et à mesure qu'il terminait un plat, elle le lavait. Entre temps, elle se tenait près de la fenêtre, étudiant le ciel.

– Tu ferais bien de prendre ton parapluie.

Il était inutile de protester sur la futilité de prendre un parapluie pour parcourir vingt mètres.

Aussi, il garda le silence et n'essaya pas davantage de lui expliquer qu'il aurait pu passer une heure de plus au lit plutôt que de rester assis devant la cuisinière à lire le journal. Tante Gracie s'agitait dans la maison en criant par intervalle « Neuf heures moins dix, Arthur ! », « Neuf heures, Arthur ! ».

Quand il partait, se donnant dix minutes pour aller à la maison voisine, elle l'accompagnait jusqu'à la porte et lui tendait sa joue. Arthur se souvenait de ces baisers avec émotion car ils lui rappelaient combien leurs rapports avaient été heureux.

Ce matin-là, il l'avait embrassée comme d'habitude. Plus d'une fois, il avait souhaité la serrer contre lui en posant un bras sur ses épaules, mais cette façon de penser était inspirée par les films de cinéma, car il n'avait jamais tenu une femme dans ses bras.

A onze heures, alors qu'il faisait les comptes dans une pièce à côté de l'atelier – il n'occupait pas encore son bureau actuel – Mr Grainger était entré avec Mrs Goodwin. Il les voyait encore, Mr Grainger, très embarrassé, Mrs Goodwin en larmes et balbutiant :

– Elle s'est éteinte... son cœur... elle est tombée sous mes yeux... Arthur, il n'y avait plus rien à faire !

Il n'avait pas voulu que l'on enlevât son corps avant le lendemain. Il savait qu'il convenait d'agir ainsi. La première nuit, il faut veiller les morts. Il veilla. Il pensa à tout ce qu'elle avait fait pour lui, à tout ce qu'elle avait été : sa mère, sa femme, son conseiller, sa gouvernante, sa seule amie. Le visage aux traits accusés, cireux et calmes, reposait sur la taie d'oreiller blanche.

Il la regrettait désespérément. Pourquoi ? Pour être meilleur qu'il ne l'avait été ? Pour lui faire plus plaisir qu'il ne l'avait jamais fait ? Non, ce n'était pour aucune de ces raisons et il avait peur de la toucher. Le sang battait à ses tempes...

Depuis six ans, il n'était plus sorti seul le soir, mais à neuf heures et demie, il laissa tante Gracie toute seule et se glissa dehors pour gagner Merton Street. Il marcha dans la nuit, loin, très loin, jusqu'à un pub où on ne le connaissait pas. Là, il but coup sur coup deux cognacs. Il sortit et partit en direction de l'hôpital.

Vestige des bombardements, un terrain envahie par les herbes, séparait l'hôpital de la voie de chemin de fer. Un sentier servant de raccourci le traversait. Arthur se promena dans le terrain, flânant au milieu des éboulis jusqu'à ce que la jeune fille arrivât.

Bridget O'Neill, vingt ans, était infirmière. En le voyant surgir elle poussa un cri avant même qu'il ne l'ait touchée, mais il n'y avait là personne pour l'entendre. Un train passa en vrombissant. Elle voulut se sauver, butta contre une brique et tomba. Il l'étrangla par terre avec ses mains nues et la laissa sur place pour retourner à Magdalen Hill. Aussitôt, assis dans son fauteuil, il sombra dans un sommeil presque aussi profond que celui de tante Gracie sur son lit mortuaire.

Il n'avait jamais nettoyé sa tombe. De mauvaises herbes poussaient contre la pierre tombale et son prénom disparaissait sous le lierre. Ici, il était entouré par la mort. Une mort froide, glaciale et non la mort chaude et palpitante qu'il aimait. Il sentait que le désir renaissait en lui et, effrayé par un besoin impérieux que seule la mort pouvait satisfaire, il retourna prendre l'autobus, passa à la laverie et reprit le sempiternel nettoyage de son appartement.

L'amour est le remède à l'amour. Anthony le savait. Quoi qu'il put y avoir entre lui et Linthea, ce ne pouvait être au mieux, qu'une distraction. Mais qu'y avait-il de mal à se distraire? Son amour pour Helen avait été profond, sérieux. Il était stupide de penser qu'il pourrait être remplacé à volonté. Pour le moment, n'importe quel marivaudage lui semblait préférable à cet intolérable abandon. Aussi se dirigea-t-il vers Brasenose Avenue dans un dessein précis.

Naguère, il n'avait pas connu de cruelles. Était-il vraisemblable qu'une veuve solitaire, plus âgée que lui le repoussât?

Lorsqu'il sonna à sa porte, Linthea lui ouvrit presque aussitôt et lui jeta les bras autour du cou. Plus tard, il devait se féliciter d'avoir été trop surpris pour répondre à cet accueil comme il l'aurait désiré. Peut-être, même à ce moment-là, eut-il l'intuition que c'était là une manifestation de joie qui incluait un troisième personnage.

Winston était au salon. Il tenait une coupe de champagne à la main.

– Vous serez le premier à nous féliciter, dit-il du moins, le premier après Leroy.

– Vous allez vous marier!

Anthony proféra cette évidence car c'était une constatation plus qu'une question.

– Samedi prochain, dit Linthea en l'embrassant encore, vous viendrez, n'est-ce pas?

– Bien sûr qu'il viendra, dit Winston. Nous vous en aurions parlé plus tôt, car nous avons pris cette décision la semaine dernière, mais nous voulions d'abord nous assurer que Leroy serait d'accord.

– L'est-il ?

Winston se mit à rire.

– Oui, mais quand Linthea lui a appris la nouvelle il a regretté que ce ne fût pas vous !

Anthony se mit à rire – un peu jaune – et but du champagne. Il écouta le récit romantique, mais nullement sentimental de Winston, expliquant qu'il avait toujours désiré épouser Linthea, qu'il l'avait perdue de vue quand elle s'était mariée et qu'il l'avait ensuite poursuivie à travers le monde pour ne plus la laisser s'échapper.

Helen lui avait, un jour, fait remarquer qu'il était pénible de regarder le bonheur à travers les yeux d'autrui. Il pensa que ses citations et sa culture l'agaçaient et qu'elle ne valait pas mieux que Jonathan Dean et il retourna chez lui travailler à sa thèse.

Bien que la psychopathe puisse souffrir de désirs pressants et de névrose obsessionnelle, son état est lié à un état dépressif et il a un besoin chronique de stimulation. En conséquence, il peut mener une vie normale en l'absence de tout stimulant...

Incapable de se concentrer, il s'interrompit. Regardant le paquet de Philip Morris presque vide, il se dit qu'il ne pouvait continuer à fumer ainsi, lui qui n'en avait pas l'habitude. Il lui fallait agir. Il ne pouvait rester à attendre sans rien faire. Il allait écrire à Helen.

XVIII

Il ne lui enverrait pas cette lettre chez elle. Ce serait inutile. Au musée alors ? Il se rappelait qu'elle lui avait dit qu'une employée décachetait systématiquement tout le courrier. Il ne connaissait pas l'adresse de sa mère. Si seulement il avait pu se souvenir du nom d'une de ses amies ? Il existait sûrement quelqu'un en qui il pourrait avoir confiance.

En relisant ses vieilles lettres, en quête d'un nom, il lut :

« Tony chéri, je savais que tu me manquerais, mais j'ignorais à quel point ».

Alors, remettant à plus tard de trouver un moyen d'expédier sa lettre, il écrivit :

Chère Helen, je t'aime. Je crois que je t'ai aimée dès l'instant où nous nous sommes rencontrés pour la première fois et, bien qu'il m'arrive de souhaiter être débarrassé de ce sentiment, et peut-être t'en délivrer, je ne le peux pas.

Tu as été tout mon espoir d'avenir. C'est toi qui m'as donné un but dans la vie. De ton côté, tu m'as laissé croire que tu m'aimais de la même façon. Tu m'as toujours assuré que tu n'avais jamais aimé personne en dehors de moi et que Roger n'était rien pour toi sinon un objet de pitié. Nous avons fait l'amour ensemble bien souvent et de façon inoubliable et tu n'es pas le genre de femme qui prend un amant pour se distraire. Tu t'es presque engagée à venir vivre avec moi. Non, c'était plus que cela. Il s'agissait d'une promesse formelle, repoussée seulement parce que tu voulais plus de temps pour en parler à ton mari.

Quand je pense à la dernière lettre que tu m'as écrite, j'en ai le souffle coupé. Au cours de ces dernières semaines, t'es-tu demandé quelle femme peut vivre cette sorte de vie ambivalente, mentant également à ton mari et à ton amant? Qu'arrivera-t-il à cette femme quand elle commencera à vieillir et aura perdu toute notion de vérité? La vie ne vaut pas la peine d'être vécue pour les lâches et pour ceux qui ont perdu tout sens du respect de soi-même.

Réfléchis, ne pense pas à moi. Songe au mal que tu te fais à toi-même et à la confusion mentale que tu ne peux pas manquer de ressentir.

Si tu veux me voir, je viendrai. Mais je ne m'imposerai pas davantage maintenant. Je pense que je me causerai beaucoup de mal si je continuais à entretenir des relations avec la femme que tu es devenue. A.

A qui envoyer cette lettre? Qui pourrait servir d'intermédiaire?

Il discutait de Noël avec Winston quand il entrevit une solution. Helen lui avait parlé d'amis habitant Gloucester avec lesquels sa mère et elle – et Roger depuis son mariage – passaient toujours Noël. Il n'avait jamais su leur adresse et leur nom lui échappait, mais il se souvenait qu'Helen lui avait dit que c'était le mot latin pour prêtre.

– Linthea et moi serons encore en voyage de noces, disait Winston. Noël est magnifique à la Jamaïque, seulement je me sens un peu coupable envers Leroy. Nous devrions peut-être l'emmener avec nous. Pourtant, en voyage de noces ... je suis sans doute un peu conventionnel, mais ...

– Quel est le mot latin pour prêtre? demanda subitement Anthony.

Winston le regarda:

– Excusez-moi si je vous ennuie avec mes histoires...

– Vous ne m'ennuyez pas. J'espère que vous aurez un voyage de noces merveilleux. Emmenez toute l'école primaire de Merton Street avec vous si cela peut vous faire plaisir, mais dites-moi quel est le mot latin pour prêtre !

– Pontifex, pontificis.

Il sut aussitôt que c'était bien le nom : Pontifex. Il irait à la poste de High Street où il y avait des annuaires téléphoniques de tout le pays.

– Merci, dit-il.

– Je vous en prie. Heureux de vous servir de dictionnaire.

Il n'y avait que trois Pontifex dans la ville de Gloucester, mais A.W. 26, Dittisham Road était sûrement le bon. Miss Margaret et Sir Francis étant des candidats peu probables. Anthony prépara une enveloppe au nom de Mrs Pontifex 26 Dittisham Road Gloucester. De l'autre côté de l'enveloppe il indiqua : Exp. A. Johnson, 2/142 Trinity Road Londres W15 6 DH. La lettre pour Helen fut placée dans une enveloppe plus petite qu'il glissa dans l'autre avec un mot d'accompagnement.

Il était délicat de demander à une personne qu'il ne connaissait pas de faire suivre une lettre à une de ses amies sans que son mari le sût. Mais ce ne serait pas nécessaire. Helen et Roger arriveraient chez les Pontifex la veille de Noël. Mrs Pontifex remettrait cette lettre à Helen quand elles seraient seules ensemble. Il écrivit :

Chère Mrs Pontifex. Je sais que Mrs Garvist doit passer Noël avec vous et je me demande si vous seriez assez bonne pour lui remettre cette lettre. J'ai égaré son adresse, autrement, je ne me serais pas permis de vous déranger. Sincèrement vôtre,

Anthony Johnson

L'excuse était un peu mince. Comment avait-il pu égarer l'adresse d'Helen et connaître celle des Pontifex ? Enfin, l'essentiel était que la lettre arrivât à destination. Il colla un timbre et contempla le résultat de ses efforts. Le jeu en valait-il la chandelle ?

De toute façon, il ne faudrait expédier cette lettre que quelques jours avant Noël. Il la posa sur une pile de livres en se demandant si, en fin de compte, il l'enverrait.

Quand Arthur parlait de son notaire, il faisait allusion à une étude de Kenbourne Lane qui s'était chargée, vingt ans plus tôt, de régler la succession de tante Gracie. Depuis lors, il n'avait plus eu aucun rapport avec le notaire, mais il alla le consulter et il lui en coûta quinze livres pour apprendre, qu'à moins qu'il n'y ait d'importantes réparations touchant aux gros œuvres, il n'avait pas la moindre chance de s'opposer à l'augmentation du loyer.

Bien que le reste de la maison menaçât ruine, l'appartement N° 2 était en parfait état. Souhaitant presque que le toit s'effondrât, Arthur trouva une petite vengeance en racontant à un jeune couple qu'il rencontra dans le hall le samedi avant l'arrivée de Stanley, quel fait divers macabre était lié à l'appartement, ajoutant que la location pourrait être ramenée à huit livres par semaine, si l'on se donnait la peine de discuter. Le jeune couple s'entretint avec Stanley, mais ne loua pas l'appartement.

La police n'était pas revenue. Pour tout le monde, Brian Kotowsky avait assassiné sa femme. Mais Arthur se souvenait de John Reginald Christie. Il avait tué l'épouse d'un autre homme et cet homme avait été pendu pour ce crime, mais finalement la vérité avait éclaté. Arthur ne relâchait pas sa surveillance du courrier et entrouvrait sa porte dès qu'il entendait le téléphone.

Le mercredi vingt-sept novembre avait été une mauvaise journée, mais s'était passée sans qu'Anthony Johnson téléphonât. Aucune autre lettre de Bristol n'était arrivée. Arthur observa les allées et venues irrégulières du locataire de la chambre N° 2. Il semblait un peu abattu peut-être, mais sans rien perdre de sa jeunesse et de sa vigueur.

Le matin du samedi sept décembre, Arthur écrivit une lettre fort sèche au notaire, se plaignant du haut coût de la consultation pour un résultat aussi négatif, mais il adressa néanmoins un chèque de quinze livres. Il réglait toujours ses factures rubis sur l'ongle, redoutant toujours la vengeance de Nemesis s'il ne réglait pas ses dettes au bout d'un jour ou deux. A neuf heures, il vit le facteur traverser la rue et il descendit chercher le courrier. Il n'y avait qu'une lettre pour Stanley Caspian, lettre qui, en tout état de cause, n'aurait pas dû être adressée à Trinity Road.

L'enveloppe du loyer de Li-li Chan était sur la table ainsi que celle de Winston Mervyn. En revanche, il n'y avait pas celle d'Anthony Johnson. Arthur écouta derrière la porte de la chambre N° 2. Le silence fut coupé, tout à coup, par le bruit d'une tasse sur une sous-tasse. Il frappa à la porte.

– Oui ?

– C'est Mr Johnson, Mr Jonson, dit Arthur avec l'impression que c'était ridicule, mais ne sachant comment s'exprimer.

– Une minute, s'il vous plaît.

Quelques secondes s'écoulèrent et la porte s'ouvrit. Anthony Johnson portait un jean et un pull-over qu'il venait manifestement d'enfiler à la hâte. La pièce était glaciale, le radiateur électrique n'était branché que depuis quelques minutes. D'après l'état du lit et la présence sur la table de chevet d'une tasse de thé à demi consommée, il était évident que le jeune homme avait fait la grasse matinée.

– J'espère que vous excuserez mon intrusion. C'est au sujet du loyer.

– Il ne fallait pas vous donner cette peine, j'aurais déposé l'enveloppe avant l'arrivée de Caspian, dit Anthony en terminant son thé. Elle est sur la table, conclut-il.

– Avec votre permission, je vais la prendre, dit Arthur en la saisissant au milieu d'une pile de livres.

– Le carnet de location et le chèque sont là.

Arthur ne répondit pas. Sous l'enveloppe de location se trouvait une autre enveloppe timbrée et portant une adresse, mais sans ses lunettes, il ne pouvait lire à cette distance. Immédiatement, il songea que cette lettre pouvait être destinée à H. à Bristol. Il proposa aussitôt :

– Je dois aller à la poste pour expédier mon courrier, voulez-vous que je me charge du vôtre ?

L'hésitation d'Anthony fut visible. Se souvenait-il de l'autre occasion où Arthur avait posté une lettre pour lui et du malheureux antagonisme qui en avait résulté ? Ou bien suspectait-il quelque chose de plus grave ? Anthony Johnson s'approcha de la table, indécis, plongé dans ses pensées. Arthur eut un sourire patient, mais intérieurement, il n'en menait pas large. Pour quelle raison hésitait-il ainsi ? Finalement, Anthony leva la tête et tendit la lettre à Arthur avec un geste curieux, comme s'il s'en remettait au sort.

– Très bien, et merci, dit-il.

Une fois seul dans le hall, Arthur rapprocha l'enveloppe à cinq centimètres de ses yeux, puis il mit ses lunettes pour être absolument sûr. Mais non, il ne se trompait pas, la lettre était adressée à Mrs Pontifex à

Gloucester. Il savourait encore son soulagement quand Stanley Caspian arriva, suçant un bonbon. Arthur brancha la bouilloire, sans attendre qu'on le lui demandât et tendit les enveloppes de loyer. Stanley ouvrit celle de Winston Mervyn en premier.

– Allons bon ! voilà que Mervyn s'en va lui aussi ! Il me donne congé pour le premier janvier.

– Un petit oiseau m'a dit qu'il allait se marier.

Stanley grommela entre ses dents avec humeur.

– Tout le premier étage va être vacant. On se demande où va le monde !

– On dit que les rats quittent le bateau qui coule, énonça sententieusement Arthur.

– Mais pas vous, hein ? Oh non ! Ceux qui ont une location non meublée ne s'en vont que les pieds en avant. Vous mourrez ici, mon vieil Arthur !

– Je l'espère sincèrement. Puis-je avoir ma petite enveloppe ?

Il la prit et sortit porter son linge à la laverie. En pssant, il s'arrêta pour poster les deux lettres dans une boîte aux lettres.

XIX

Au cours de la semaine qui suivit, Arthur éprouva une sensation d'oppression devant le vide du 142 Trinity Road. Li-li, qui n'était jamais beaucoup chez elle, devait prendre l'avion pour aller passer Noël à Taïwan et maintenant, Winston Mervyn sortait tous les soirs. Bientôt, lui aussi serait parti. Et si le manque de logement à Londres n'était pas trop pressant pour surmonter le préjugé que les gens éprouvaient à louer dans une maison où s'étaient passés deux drames, lui et Anthony Johnson allaient se retrouver seuls.

Naguère, il avait aimé se sentir seul dans la maison et avait même rêvé en être l'unique locataire. C'était au temps où sa dame blanche habitait en bas et attendait le bon plaisir de son seigneur et maître. Maintenant le silence le troublait. Trois nuits sur sept la lumière n'avait pas brillé dans la cour et le trou noir qu'il voyait en tirant ses rideaux lui apportait des tentations qu'il n'avait aucun moyen de satisfaire. Il avait même peur d'y penser. Ces frustrations se métamorphosaient en rêves qui venaient hanter ses nuits. Même quand il était jeune, jamais il n'avait rêvé de l'acte qu'il avait perpétré par trois fois. Il en rêvait maintenant et un matin, il s'éveilla, le corps à moitié hors du lit, les mains serrées autour du pied de sa table de chevet.

Le facteur avait cessé de passer. Au cours de tant d'années, jamais Arthur n'avait vu s'écouler une semaine sans recevoir une seule lettre pour l'un des locataires. On aurait dit que le service des postes était en grève. Bien entendu, cela s'expliquait facilement. Winston Mervyn n'avait guère reçu que des lettres d'agents immobiliers. Le père de Li-li Chan n'écrivait pas, car il attendait sa fille la semaine suivante. Anthony Johnson n'avait pas reçu beaucoup de courrier en dehors des enveloppes mauves de Bristol et cependant cela aussi contribuait à donner à Arthur l'impression que toutes les forces vives se retiraient de la maison qui devenait pour lui comme une sorte de mausolée.

Mais le matin du quatorze décembre quelque chose ressemblant à une convulsion se produisit. La sonnerie du téléphone le réveilla. Avant neuf heures, le téléphone sonna encore trois fois pour Winston Mervyn. Puis il entendit Winston courir en bas et Anthony Johnson monter dans la chambre de Mervyn et les deux hommes parler et rire.

Il descendit voir s'il y avait du courrier. Il n'y en avait pas.

La chambre N° 1 était ouverte. De la musique douce couvrait le bruit de l'aspirateur. Li-li avait décidé de procéder à un grand nettoyage. Un peu plus tard, Stanley Caspian, habituellement si attentif à ne pas aggraver la dégradation de sa propriété, ajouta au vacarme en faisant claquer la porte d'entrée si fort que du plâtre se détacha du plafond.

Stanley retint Arthur avec ses doléances sur la dureté des temps et la cruauté du gouvernement envers d'honnêtes propriétaires si bien qu'il fût en retard pour faire ses courses.

Toutes les machines de la laverie étaient occupées. Il dut laisser son linge à la nièce de Mr Grainger qui se montra distante et demanda vingt pence de plus pour le service.

– Je n'ai jamais entendu parler d'une telle prétention, protesta Arthur.

– C'est à prendre ou à laisser. L'inflation sévit pour moi comme pour tout le monde.

Il aurait bien voulu répondre vertement, mais il craignit que cela ne vînt aux oreilles de Mr Grainger. Il se contenta donc de dire :

– Je reviendrai à deux heures précises.

– Avec toute cette affluence, il vaudrait mieux revenir à quatre heures.

Ce ciel était bleu et sans nuage, mais il soufflait une bise glaciale. Avec colère, Arthur vitupéra contre les enfants qui grimpaient sur les statues. Ils ne tinrent aucun compte de ses propos et lui répondirent d'un mot familier aux oreilles des résidents de West Kenbourne qui lui fit monter le rouge aux joues.

Un taxi était arrêté devant le 142 et comme il approchait, Winston Mervyn et Anthony Johnson sortirent et s'engouffrèrent dedans.

– A la mairie de Kenbourne, dit Winston à haute voix, comme s'il était fier de lui et en adressant un large sourire alentour.

Arthur aurait préféré passer sans dire un mot, mais il n'avait cure de négliger ses obligations sociales, particulièrement depuis que Stanley Caspian lui avait appris que ce mauricaud – de toute évidence très à son aise – avait acheté une maison dans North Kenbourne.

– Permettez-moi de vous offrir tous mes vœux de bonheur, Mr Mervyn.

– Merci beaucoup.

– Belle journée pour un mariage, mais un peu fraîche.

En entrant, il croisa Li-li qui avait terminé ou abandonné ses velléités de nettoyage. A nouveau, il était seul. Il prépara son déjeuner, rangea son appartement et regarda, à la télévision, Michael Redgrave dans « Cœur captif ». Lorsque la nuit commença à tomber et que les lumières se mirent à briller dans les autres maisons, il se rendit compte qu'il n'était pas allé chercher son linge.

Winston avait retenu une des salles du *Grand Duc* pour la réception de son mariage et là, à une heure et demie, la mariée, le mari, Leroy Anthony, le frère de Winston et sa femme, la sœur de Linthea et son mari s'assirent pour déjeuner. Linthea offrit à Anthony une des roses de son bouquet.

– Tenez, cela signifie que vous serez le prochain à vous marier !

Il ressentit un petit pincement au cœur, mais il sourit à cette jolie fille, très en beauté, dans sa robe de soie verte.

– Cela ne vaut que pour les demoiselles d'honneur !

– Pour les garçons d'honneur aussi ! C'est une vieille coutume antillaise !

Des cris de dénégation et des rires accueillirent cette déclaration. Anthony prononça un discours qu'il jugea faible en dépit des vifs applaudissements qui le saluèrent. Il avait du mal à supporter le bonheur visible de Winston et de Linthea.

A quatre heures, ils retournèrent tous à Brasenose Avenue chercher les bagages de Linthea, puis à Trinity Road pour ceux de Winston. De la maison, Winston téléphona à l'aéroport de Londres pour contrôler l'heure de l'avion en partance pour la Jamaïque. Il apprit qu'il était retardé de trois heures. A ce moment-là, Leroy avait déjà été emmené par sa tante chez qui il devait rester et Linthea répugnait à retourner dans son appartement vide. Tandis qu'ils discutaient ce qu'il convenait de faire de ce temps mort, la porte d'entrée s'ouvrit bruyamment et une voix s'écria :

– L'invité de la vingt-cinquième heure avec ses plus plates excuses !

Jonathan Dean !

– Je pensai vous rejoindre avant votre départ pour vous adresser mes plus chaleureuses félicitations, mon vieux, et tous mes vœux de bonheur pour vous deux !

Anthony pensa qu'il ne paraissait pas garder des traces du chagrin causé par la mort de son ami. Il semblait seulement plus bruyant et plus exalté que jamais.

– Puisque vous disposez d'un peu de temps, pourquoi n'irions-nous pas arroser cet événement au *Lily* ?

– Il n'ouvre qu'à cinq heures, remarqua Winston.

Jonathan répondit qu'il était moins dix et que le temps passait vite. Au même instant Li-li sortit de la chambre N° 1. Alléché, Jonathan la regarda et fit une lourde plaisanterie sur son nom et celui du pub, prétendant qu'ils étaient faits l'un pour l'autre. Finalement, sans grand enthousiasme de la part de la mariée et de son époux, tous partirent pour le *Waterlily*.

En arrivant à l'angle de Magdalen Hill et de Balliol Street, ils évitèrent, sans s'être concertés, Oriel Mews. Anthony aperçut de l'autre côté de la rue, attendant que le feu changeât, la longue silhouette familière, revêtue du pardessus gris, et portant un sac en plastique orange. Comme il l'avait déjà remarqué, ses joues étaient rouges et il avait cet air plein de ressentiment, dans tout son comportement, comme s'il jugeait que la persistance du feu vert était une injure personnelle. Dans cette foule de gens de la classe ouvrière, de hippies et d'immigrants ses vêtements et son air le mettaient à part. Le temps avait passé sans qu'il s'aperçut des changements autour de lui. Il était un anachronisme vivant, triste et amer.

Anthony attira l'attention de Winston :

– Si nous offrions à ce vieux Johnson de se joindre à nous ? Je sais que c'est votre fête, mais il est un peu dur de le laisser seul.

Avant qu'il ait terminé, Winston avait hélé Arthur Johnson qui traversait la rue.

– Je suis heureux que vous l'ayez vu, dit-il à Anthony, il a été plutôt aimable ce matin et puisque tout le monde est là... Hé ! Mr Johnson, voulez-vous vous joindre à nous et venir boire un verre au *Waterlily* pour célébrer notre mariage ?

Anthony ne fut pas surpris de constater qu'Arthur Johnson était pris au dépourvu et même choqué par cette invitation. D'abord il rougit, puis il se confondit en excuses.

Mais Anthony, et encore moins Arthur, avaient compté sans la chaude hospitalité antillaise. S'ils avaient discuté, Arthur aurait peut-être gagné, mais on ne lui laissa aucune chance de le faire. La situation fut prise en main par le frère de Winston, un homme d'une irrésistible bonhommie. Anthony, qui dans le passé avait été tour à tour irrité et attendri par Arthur Johnson, ne ressentait plus maintenant ni colère, ni pitié. Il avait du mal à s'empêcher de rire au spectacle de cet homme vétilleux et austère entraîné, à son corps défendant, dans le bar du *Waterlily* entre Perry Mervyn et Jonathan Dean. Il paraissait stupéfait et effrayé. Tenant toujours son sac en plastique orange, il ressemblait à un gentleman cambrioleur appréhendé par des policiers en civil, le sac contenant, naturellement le corps du délit. Puis, ce fut Li-li qui se chargea du sac, ignorant ses protestations, elle le jeta sous la banquette où elle s'installa avec Jonathan, leur victime entre eux deux.

C'était un viol, presque un kidnapping, pensait Arthur, trop bouleversé pour parler. Il n'était encore jamais entré au *Waterlily* qui, au temps de sa jeunesse, avait été désigné par tante Gracie comme un lieu de perdition et d'iniquité. Ahuri, muet de timidité, il se tenait très droit, tandis que Jonathan Dean débitait des compliments à Li-li qui rougissait de plaisir. La forte femme noire qui était assise en face de lui ajoutait à sa confusion en l'accablant de question sur sa façon de vivre, lui demandant s'il était célibataire et depuis combien de temps il vivait dans Trinity Road. Il fut dispensé de répondre à la quatrième question par Anthony qui lui demanda ce qu'il désirait boire. Arthur répondit inévitablement qu'il prendrait un petit cognac.

– Le vin est bon pour les garçons, le porto pour les hommes, mais celui qui aspire à être un héros doit boire du cognac, déclara Dean au milieu des rires. Il ajouta que cette citation était du Dr Johnson.

Arthur ne comprit pas à quoi il faisait allusion, mais il se sentit visé. Il cherchait un moyen de s'échapper. Le cognac arriva avec une variété de boissons moins alcoolisées pour les autres et il se demanda s'il n'avait pas commis une grossière faute de tact.

Deux conversations parfaitement distinctes s'engagèrent autour de la table. L'une entre Li-li, Dean et la belle-sœur de Mervyn, l'autre entre les jeunes époux et le frère de Winston. Arthur se rendit compte de l'isolement dans lequel il se trouvait ainsi que l' « autre » Johnson. Tous deux étaient tenus à l'écart des propos échangés.

Anthony paraissait avoir trop bu et Arthur se mit à retourner dans sa tête un possible sujet de conversation. Il ouvrait la bouche pour parler du bulletin météorologique quand Jonathan Dean se lança dans une véritable diatribe contre le mariage.

Arthur ne put s'empêcher de rire en voyant la tête que faisait le frère de Mervyn, tandis que Jonathan déclarait que par le mariage, l'homme devenait veule et lâche et subissait une véritable dégradation de sa personnalité.

– Se marier, ajouta-t-il, c'est domestiquer l'ange qui est en nous. Une fois que vous êtes marié, il ne vous reste plus rien, pas même le suicide.

Seule, Li-li se mit à rire. Winston se leva pour aller vers le bar tandis qu'Anthony, avec une violence qui alarma Arthur parce qu'il ne la comprenait pas, s'écriait :

– Pour l'amour du ciel, fermez votre grande gueule ! Ne vous arrive-t-il jamais de penser à ce que vous dites ?

Le visage de Dean s'empourpra, puis il se pencha, écarta Arthur pour se rapprocher de Li-li en disant :

– Vous m'aimez, n'est-ce pas chérie ? Avouez-le, vous n'êtes pas si collet-monté !

Le rire argentin de Li-li fusa. Il y eut un bruit léger et Arthur comprit qu'elle embrassait Dean derrière son dos.

– Peut-être désirez-vous changer de place avec moi ?

Pourquoi cette question provoqua-t-elle une hilarité générale ? Il ne le comprit pas, mais il pensa y voir une chance de s'éclipser. Il l'aurait fait si Winston n'était revenu à ce moment-là avec un autre plateau de consommation, y compris un second verre de cognac. Il se poussa sur le bord de la banquette, laissant Li-li et Dean dans les bras l'un de l'autre.

Il était regrettable qu'il ait bu ce cognac parce qu'il lui apportait des souvenirs et des associations d'idées, mais sans lui, il n'aurait pu supporter cette réunion. Cependant, après avoir vidé le second verre jusqu'à la dernière goutte, il sauta sur ses pieds et déclara qu'il devait se retirer. Il ne pouvait abuser plus longtemps de la générosité de ses amis.

– Inutile de faire tant de belles phrases. Va ton chemin, manant et laisse-nous en paix ! dit Jonathan.

Tant de rudesse, même sous forme de citation n'était pas admissible. Arthur adressa un petit salut sec en direction de Mervyn et de la nouvelle Mrs Mervyn et se retira avec dignité.

La joie de s'être échappé lui monta à la tête. Il rentra à la maison en traversant Oriel Mews, cette sombre ruelle où il avait donné la mort à une femme qui s'enfuyait comme un grand oiseau noir.

Maureen Cowan, Bridget O'Neill, Vesta Kotowsky... mais non, il allait rentrer chez lui sans rencontrer personne.

Une fois dans son appartement, il s'installa devant la télévision pour regarder John Wayne charger à la tête de la cavalerie des États-Unis. Il s'appuyait sur le coussin de satin marron, frais, doux, voluptueux. Le film se termina à huit heures et demie. Il était un peu tard pour commencer le repassage, mais il préférait ne pas attendre à demain.

Il entra dans la cuisine pour prendre la planche à repasser et le fer électrique. Alors il chercha en vain le sac en plastique orange. Il l'avait oublié au *Waterlily*.

XX

Le premier à se disposer à partir fut Jonathan Dean. Conscient des travaux d'approche de Jonathan auprès de Li-li, Anthony avait supposé qu'ils resteraient ensemble après le départ des autres et que Li-li prendrait la place laissée vacante par Vesta. Il en alla autrement. Li-li se rendit aux toilettes où se trouvait également le téléphone. Elle revint en annonçant qu'elle devait s'en aller car elle avait un rendez-vous à sept heures et demie. Junia Mervyn, qui semblait prendre plaisir à la déconfiture des hommes, se mit à rire.

– Et moi, alors? demanda Jonathan.

Le rire de Li-li fusa :

– Vous voulez venir aussi? Attendez, je vais téléphoner à mon ami.

– Vous savez très bien que ce n'est pas ce que je veux dire.

– Moi pas comprendre ce que veulent les hommes. Je les aime tous un peu. Voulez-vous être sur ma liste? Alors, quand je reviendrai de Taïwan, je vous donnerai le N° 3 ou 4.

Elle regarda Junia et partagea son éclat de rire. Jonathan se leva et, sans un mot ou un regard pour personne, sortit du pub.

Les hommes gardèrent le silence. Soudain, et sans

bien en comprendre la raison, Anthony se sentit submergé par une vague de misogynie et, sans avoir réfléchi, il déclara :

– En tant que connaisseur de la mauvaise conduite des femmes, je vous décerne la palme, Li-li.

Celle-ci pouffa de rire, puis elle se coula contre lui en lui faisant les yeux doux. Plus tard, il se demanda s'il ne l'aurait pas battue, ou en tout cas, violemment repoussée, si Winston n'était intervenu en déclarant qu'il était l'heure d'aller à l'aéroport.

– Voulez-vous venir avec nous, Anthony? Mon frère se fera un plaisir de vous ramener.

Anthony répondit qu'il les accompagnerait avec plaisir. A voix basse, il s'excusa auprès de Linthea. Elle l'embrassa sur la joue :

– Les femmes vous ont-elles si mal traité?

– L'une d'elles. C'est sans importance. Oubliez tout cela. Il sourit et allait ajouter un compliment quand le frère de Winston remarqua :

– Votre ami a oublié ses achats.

– Ce n'est pas notre ami, répondit Li-li et ce ne sont pas des achats, mais son linge.

Elle sortit le sac de sous la banquette, l'ouvrit en riant et extirpa un caleçon long qui se trouvait sur le dessus.

– Vous, dit-elle impérieusement à Anthony, rapportez-le lui.

– Et si vous vous en chargiez. Je vais à l'aéroport.

– Moi pas emporter le linge de ce vilain vieil homme à mon rendez-vous!

– Vous avez le temps de passer à la maison, dit Winston, il n'est que sept heures et quart.

Contrôlant toujours la situation, il lui tendit le sac orange qu'il posa sur le siège à côté d'elle. Toute seule sur la longue banquette, Li-li paraissait très menue et très jeune.

– Là, vous êtes une brave fille! dit Winston.

La nuit était glaciale. Linthea prit le bras de son mari et frissonna comme si, maintenant qu'elle retournait dans son pays, elle pouvait se permettre de ressentir les rigueurs du climat anglais. Au moment où ils traversaient la rue, Anthony vit la voiture de sport rouge familière s'arrêter devant le *Waterlily*.

Le contenu du sac valait environ cinquante livres, calcula Arthur. Toutes les chemises de la semaine, son linge de corps, ses draps. Il était impensable de laisser tout cela dans ce bar public qui serait plein le samedi soir et de Dieu sait quelle racaille. Mais sortir à cette heure et dans le noir?

L'un d'eux aurait pu lui rapporter son sac. Il alla sur le palier et se pencha sur la rampe. En bas, il n'y avait rien. Il alluma et descendit. Il frappa à la porte de Li-li, puis à celle de la chambre N° 2. En vain. Si seulement il pouvait se résigner à attendre l'ouverture du *Waterlily* demain matin... Mais non, il ne pouvait se résigner à perdre un bien si précieux, et puis, il n'était qu'à quelques pas du pub. A peine cinq minutes de marche.

Il remonta chercher son pardessus et descendit rapidement Camera Street, tenant les yeux baissés. Il y avait beaucoup de monde dans Balliol Street. Arthur reconnut la voiture garée devant la boutique de *Kemal Kebah*, c'était une de celles appartenant à un des amis de Li-li.

Entrer seul au *Waterlily* lui rappela les trois précédantes occasions où il s'était aventuré dans un bar. Il repoussa ses souvenirs en se disant qu'il était tout près de Trinity Road. Il y avait foule dans le pub maintenant; il dut faire la queue pour arriver jusqu'au comptoir. Bien qu'il n'ait pas eu l'intention de consommer, il commanda un cognac, car il avait besoin de chaleur et de réconfort pour combattre la gêne qu'il éprouvait à se trouver là et à demander au garçon, qui l'adressa à la barmaid, des renseignements sur son sac.

– N'étiez-vous pas avec ces gens qui venaient de se marier?

Il acquiesça.

– Un sac orange? C'est la femme chinoise qui l'a emporté. Je l'ai vue sortir avec.

Il poussa un soupir de soulagement. Li-li était chez *Kemal* et son sac orange se trouvait sans aucun doute dans la voiture qu'il avait vue en passant. Il sortit du *Waterlily* en courant presque et traversa la ruelle. Il n'y avait plus beaucoup d'automobiles dans la rue et la voiture de sport n'était plus là. Li-li et son chevalier servant du moment étaient partis.

Arthur se tenait devant le restaurant. Une bouffée d'odeur de cuisine épicée vint jusqu'à lui, l'écœurant après le cognac. Son sentiment de frustration s'accentua. Tout ce qu'il désirait était de récupérer son linge, le reprendre à ses gens qui, par pure malice, le lui avaient subtilisé.

Où les gens allaient-ils le soir? Au pub, au restaurant, au cinéma. Li-li était déjà allée au pub et au restaurant. Arthur réfléchissait. Sa tête commençait à lui faire mal. Il traversa la rue en direction de Magdalen Hill et du *Taj Mahal.* Tout le quartier était fermé par des planches, aussi bien le terrain vague que l'endroit où s'était dressé la maison de tante Gracie. Ces planches, grossièrement clouées, semblaient enclore les grandes époques de sa vie. Il passa devant chez Grainger et arriva à la station de métro. Un train qui roulait sous terre fit vibrer la chaussée.

Le film que l'on donnait au *Taj Mahal* n'était pas entièrement indien, il avait quelque chose de plus oriental. Les yeux plus bridés, les bijoux, ornant les têtes des femmes sur les affiches, l'indiquaient clairement. Cela renforça sa conviction que Li-li devait être là. Si elle était à l'intérieur, il ne pouvait espérer la retrouver dans l'obscurité. Cependant, il traîna au pied des marches, regardant le foyer si semblable et pourtant si différent de celui qu'il avait connu. Il avait franchi ces portes des dizaines de fois avec tante Gracie, mais il y avait plus de vingt ans qu'il n'était plus jamais retourné au cinéma.

Derrière le cinéma il y avait un parking municipal. Il irait voir s'il pouvait retrouver la voiture de sport rouge. Il était improbable qu'elle fût fermée à clef. Les jeunes sont négligents et indifférents à la valeur de ce qu'ils possèdent !

En se dirigeant vers le parking, il entendit des bribes de musique orientale venant du cinéma. Les murs du *Taj Mahal* faisait une ombre sur le vaste parking qui n'était pas éclairé. Il n'y avait personne dans la cabine du gardien à l'entrée. Arthur franchit la barrière jaune qui se levait au passage des véhicules.

Les voitures formaient de longues rangées. Le sol était recouvert d'un gravier boueux qui commençait à geler. Il avançait sans bruit, s'arrêtant parfois pour examiner les toits des voitures qui brillaient dans l'ombre. Bien qu'il n'y ait pas de clair de lune, il régnait une lumière diffuse venant des réverbères et des maisons alentour.

Lorsqu'il atteignit l'extrémité nord de ce carré irrégulier, l'absurdité de sa recherche pénétra peu à peu dans son esprit embué par le cognac. Il n'allait pas trouver la voiture de sport, et même s'il la repérait, il n'oserait pas y toucher. Il n'avait aucune preuve que Li-li fût jamais venue là ou entrée au *Taj Mahal*. Ce n'était même pas dans ce but qu'il était venu inspecter cet endroit solitaire. Comme toujours, il avait été attiré par l'obscurité.

Mais il n'y avait pas de femme ici. Aucune de ces créatures qui menaçaient sa liberté et représentaient toujours un danger pour lui, n'étaient là. Il ne pourrait en rencontrer une qu'en sortant de ce parking par l'étroit portail, derrière lui, impraticable aux véhicules, qui conduisait, par un sentier, jusqu'à Brasenose Avenue. Il tourna résolument le dos à la tentation et revint lentement vers l'entrée principale.

En arrivant au milieu du parking, il s'aperçut qu'il n'était plus seul. Une voiture, une de ces petites Citroën haut perchée, était arrivée, en quête d'une place. Arthur se redressa pour reprendre son allure respectable. Plus grand encore que le désir qui s'agitait au fond de lui, naissait le besoin impérieux de paraître, à tout étranger qu'il pourrait rencontrer, le propriétaire d'une voiture ayant une raison parfaitement légitime pour se trouver là.

La Citroën plongea dans un espace sombre entre deux grosses voitures. Il vit le conducteur sauter à terre. Ce conducteur était une femme.

Ou plutôt, une fille jeune, grande et très mince, portant un jean et une veste afghan doublée de fourrure. Ses cheveux blonds lui faisaient une auréole. On aurait dit des filaments métalliques qui lui tombaient sur les épaules. La portière ouverte, elle était penchée à l'intérieur pour ajuster un dispositif anti-vol sur le volant. Arthur vit ses bottes à hauts talons, qui plissaient sur ses chevilles minces et il sentit sa gorge se contracter.

Doucement, il fit quelques pas. Il se trouvait maintenant à un mètre derrière elle. La fille se redressa et ferma la portière, celle-ci refusa de se fermer. La fille la rouvrit et la fit claquer avec violence. Le bruit parut être une explosion aux oreilles d'Arthur qui leva les mains et sauta en avant, enfonçant ses doigts autour du cou fragile.

A sa surprise, la fille résista. Elle était aussi forte que lui, plus forte... elle opéra un rétablissement et son coude s'enfonça dans le diaphragme d'Arthur. Il tituba sous la violence du choc, tout en maintenant sa prise lorsqu'un coup de poing s'aplatit sur sa bouche.

Avec un grognement étouffé, il se laissa tomber contre la voiture voisine, glissant lentement jusqu'à terre. La fille se pencha sur lui, les traits déformés par la colère et Arthur poussa un cri car c'était le visage d'un jeune garçon, avec un nez aquilin et une épaisse moustache. Le poing frappa encore, sur l'œil cette fois. Arthur glissa complètement sur le sol gelé et resta étendu, la tête à demi cachée sous le châssis de l'autre voiture.

Il ne bougea pas, bien qu'il restât conscient. Une main le retourna, une botte pointue s'enfonça dans ses côtes. Le garçon était penché sur lui, respirant fort, un sourire de triomphe aux lèvres, puis il se releva et Arthur l'entendit s'éloigner en direction de l'entrée. Il y eut alors un silence terrible, profond, absolu.

Arthur se redressa en s'agrippant aux ailes des deux voitures. Son visage était humide du sang coulant de sa lèvre supérieure. Il se força à regarder autour de lui les rangées de voitures, le sol gelé. Aucun gardien ne venait. Il rampa entre les véhicules, s'accrochant ici à une portière, là à une aile jusqu'à ce qu'enfin, ses forces décuplées par la peur, il réussit à se mettre debout. L'air froid le frappa comme un coup en plein visage. Il sentait le goût du sang dans sa bouche.

Cependant, la loge du gardien était vide. Devant lui, la rue était déserte. Couvrant son visage du mouchoir propre qu'il avait toujours sur lui, il parvint à avancer, s'obligeant à ne pas courir, à ne pas crier. Kenbourne Lane. Aucune foule n'était rassemblée, ameutée par le garçon en jean, aucun passant ne regardait dans sa direction. Par ce temps froid, tout le monde se pressait de rentrer à la maison.

Il passa devant la gare et parvint aux grilles de chez Grainger. Dieu merci, elles n'étaient pas verrouillées, mais seulement fermées avec une serrure yale dont il avait la clef. Tenant toujours son mouchoir d'une main, il ouvrit les grilles, entra et s'appuya contre le mur.

Maintenant, il devait gagner son bureau. Là, il serait à l'abri pour quelque temps. La petite maison de verre et de bois de cèdre était un îlot et un hâvre de paix dans la grande cour vide.

Il dut ramper pour y aller parce que ses jambes, qui l'avaient si bien supporté quand il en avait eu besoin, venaient de le trahir et étaient à demi paralysées maintenant. Le sol était rendu glissant par le gel. Finalement, il parvint à la porte, se redressa et ouvrit.

Il faisait froid à l'intérieur. Sa machine à écrire était sur la table, recouverte de son enveloppe en caoutchouc. La corbeille à papier était vide. Une légère odeur de bubble-gum flottait dans l'air. Arthur s'effondra et resta étendu par terre, le corps secoué de sanglots. Il épongea le sang qui aurait pu tâcher la moquette, avec son mouchoir, puis avec son cache-nez. Comme le mouchoir devenait inutilisable, il entendit les sirènes des voitures de police retentir, au loin d'abord, puis de plus en plus fort à mesure que les véhicules arrivaient dans Magdalen Hill.

XXI

West Kenbourne était envahi par la police. En revenant de l'aéroport dans la voiture de Perry Mervyn, Anthony eut l'impression que tous les piétons de Balliol Street étaient des policiers. Depuis qu'ils avaient tourné de High Street dans Kenbourne Lane, il avait compté cinq cars de police.

– Il y a peut-être eu un cambriolage de banque, dit Junia.

Il était onze heures et demie, mais il y avait encore de la lumière au *Dalmatien* et le *Waterlily* avait ses portes grandes ouvertes. La police était entrée dans tous les pubs et interrogeait les clients qui en sortaient.

– Ce doit être une banque, dit Perry en se rangeant à l'avis de sa femme.

Anthony fut soulagé d'arriver au 142 Trinity Road. Il les remercia et ils échangèrent des promesses de se revoir. Ils s'éloignèrent en déclarant qu'ils allaient essayer de se renseigner pour savoir ce qui se passait.

Trinity Road était calme, le 142 dans la plus totale obscurité. Il entre et se dirigea vers sa chambre. La chasse de la police ne l'intéressait pas et ne suscitait même pas sa curiosité. Rien ne pouvait le tirer de l'humeur sombre où il avait sombré. Le mariage et le bonheur visible de Winston et Linthea n'avaient servi qu'à accentuer ses regrets et son chagrin.

Dans le bar de l'aéroport où ils s'étaient assis pour boire un café, un autre aspect de sa nervosité s'était manifesté. Car cet endroit public, avec ses continuelles allées et venues, était peuplé d'Helen, de différentes versions d'Helen. Toutes les têtes blondes qui se détournaient semblaient cacher son visage. De loin, une jeune femme avait sa démarche, une autre parlait avec animation à un homme qui aurait pu être Roger, comment l'aurait-il su? et son rire, clair et léger, était le rire d'Helen. A un moment donné, il crut vraiment la voir et se dressa sur ses pieds, le regard fixe. Les autres se regardaient avec inquiétude, se demandant s'il ne perdait pas la tête.

Il glissa la clef dans la serrure, mais avant qu'il l'ait tournée, la porte d'entrée s'ouvrit et Li-li entra, portant le sac orange.

– Avez-vous transporté ce sac toute la nuit?

– Pas toute la nuit, il n'est que minuit, répondit-elle en lui tendant le sac. Tenez, vous le lui remettrez. Il sera content de le récupérer.

– Je parie qu'il s'est fait un mauvais sang de tous les diables, et vous n'avez qu'à le lui porter vous-mêmes.

Mais comme Li-li éclatait de rire et commençait à gravir l'escalier, Anthony grimpa derrière elle et la rattrapa.

– Il doit dormir, il se couche toujours de bonne heure. Laissez-le devant sa porte.

– O.K., dit Li-li en posant le sac. C'est triste d'être vieux et d'être déjà couché à minuit. Elle lança un sourire provoquant à Anthony et demanda: voulez-vous un thé de Chine?

Sans répondre, il entra dans sa chambre et ferma la porte d'une main ferme. Il lui fallut quelque temps pour s'endormir car Li-li préparait ses bagages pour le lendemain et se vengea en traînant bruyamment ses valises, en faisant claquer les portes des armoires et en lançant ses chaussures à travers la pièce jusqu'à trois heures du matin.

Arthur entendit la police passer devant chez Grainger une demi-heure après qu'il s'était réfugié dans le bureau. Il vit le faisceau des torches tandis que les hommes fouillaient la cour. Ils firent le tour de son bureau, mais en constatant que la porte n'en avait pas été forcée, ni la fenêtre brisée, ils s'en allèrent. Il entendit les grilles se refermer derrière eux.

Sa lèvre avait cessé de saigner. Quand il put se redresser en toute sécurité, il enveloppa son mouchoir dans une feuille de papier et le mit dans sa poche. Il y avait très peu de lumière. Seule une lampe brillait au loin dans Magdalen Hill. Il n'osait pas allumer, ni même brancher le radiateur électrique. Son cache-col était froissé et taché de sang, mais pas au point qu'il ne pût le porter. Il était de la plus grande importance qu'il ne laissât aucune trace de son passage.

Il resta allongé à même le sol, laissant s'écouler les longues heures. Ses côtes étaient douloureuses, mais il ne pensait pas avoir rien de cassé. Dehors, la police devait passer le secteur au peigne fin. Quand ils constateraient que la fouille n'avait rien donné, les hommes iraient chercher plus loin. Peut-être n'iraient-ils pas dans Trinity Road?

Le jour ne se lèverait-il donc jamais? Ses blessures seraient plus visibles à la lumière. Si seulement il avait pu voir à quel point il était marqué? Mais un homme seul dans les rues aux petites heures du matin attirerait davantage l'attention.

Quand le ciel commença à s'éclaircir, il se remit péniblement sur ses pieds pour regarder la cour déserte par la fenêtre. Son corps était ankylosé, tous ses membres endoloris et une douleur lancinante tiraillait son côté gauche.

Dans sa chute sa montre s'était brisée et les aiguilles indiquaient encore neuf heures vingt. Dix heures au moins avaient passé depuis lors. Heureusement, ses lunettes ne s'étaient pas cassées. Il les mit, bien que ce fussent des verres pour voir de près. Elles aideraient à cacher ses yeux. Quant à sa lèvre, il enroula son cache-col autour de son cou et le ramena en avant pour dissimuler la blessure. Il se rendit compte qu'il devait faire encore plus froid, car de la gelée blanche s'était formée dans la cour et les vitres étaient givrées. Par un temps pareil, on ne s'étonnerait pas de voir un homme ainsi emmitouflé.

En s'efforçant de surmonter le tremblement nerveux qui le secouait, il sortit du bureau, referma la porte derrière lui, après s'être assuré qu'il n'avait laissé aucun vestige de sa présence.

Comme il s'approchait de la grille, il s'aperçut qu'il commençait à neiger. Les premiers flocons de l'année tombaient en voltigeant autour de lui. Il pressa son cache-col contre sa bouche, releva le col de son pardessus et, tête baissée, plongea dans Magdalen Hill.

Il n'y avait qu'un gamin vendant le journal du matin. Sa rencontre avec la fille-garçon du parking était arrivée trop tard dans la soirée pour être relatée dans les journaux.

Il croisa un homme qui promenait son chien dans Balliol Street. Celui-ci ne le regarda pas plus que la femme de ménage qui entrait au *Waterlily*. Elle aussi avait une écharpe lui masquant le bas du visage. Arthur avisa un journal de la veille que quelqu'un avait jeté dans une poubelle. Il le ramassa et le tint sous son bras afin que si quelqu'un le remarquait, on put croire qu'il était sorti l'acheter. Mais personne ne le vit. Les rideaux de Li-li étaient tirés. Il s'introduisit silencieusement dans la maison endormie. Sur le dernier palier, contre sa porte, il y avait son sac orange! Li-li avait dû le ramener. Avait-elle sonné à sa porte? Et dans ce cas, avait-elle pensé qu'il dormait? Ou bien l'avait-elle laissé en bas et Anthony Johnson, seul autre locataire de la maison, s'était-il chargé de monter le sac jusque-là? Il était impossible de le deviner. Si

Anthony Johnson était réveillé, la lumière de sa chambre brillerait dans la cour, car, en hiver, la chambre était sombre jusqu'à neuf heures du matin.

Il n'y avait aucune lueur sur le sol gris de la cour.

Arthur déchira son mouchoir et jeta les morceaux dans les cabinets. Il lava son cache-col, l'étendit et lava également la poche de son pardessus. Alors, et alors seulement, il osa regarder son visage dans le miroir.

Son œil poché était de la couleur de la viande qui a été exposée trop longtemps sur l'étal : rouge foncé, et sa paupière était à demi fermée. Quant à sa lèvre supérieure, une coupure la marquait jusqu'à son milieu. Il avait l'air tout différent. Ce n'était plus son visage avec cette grosse bouche enflée. Garderait-il une cicatrice? La blessure ne semblait pas nécessiter des points de suture. Il lava soigneusement la plaie avec de l'eau chaude et un antiseptique. De toute façon, il ne pouvait se faire soigner, tous les hôpitaux de Londres devaient être alertés.

Il ne devait pas se montrer du tout. A aucun prix. Il devait rester ici, caché, tant que sa lèvre et son œil ne seraient pas guéris. Il y avait des heures qu'il n'avait rien mangé ou bu, mais il savait qu'il ne pourrait pas plus dormir qu'avaler la moindre bouchée de pain. Il but un peu d'eau qui rafraîchit sa gorge brûlante.

Il s'approcha de la fenêtre. Si la police décidait de procéder à une fouille de toutes les maisons, il était perdu. Il regarda les gens passer, s'attendant toujours à voir surgir le visage de requin de l'inspecteur Glass. Les cloches sonnèrent à l'Église, appelant les fidèles au premier office et quelques femmes âgées passèrent, tenant leur livre de prière à la main.

A l'heure du déjeuner, il alluma la télévision et le dernier fait divers au cours du bulletin d'informations lui apprit ce qu'il avait fait et où il en était.

« Un homme a été attaqué la nuit dernière dans un

parking près de la station de métro de Kenbourne-Lane. »

Et là, sur le petit écran apparut le parking dominé par les murs du *Taj Mahal.* Arthur se mit à trembler en se tordant les mains. Il s'attendait à se voir émerger derrière une rangée de voitures, surpris par ces caméras comme un animal traqué.

« D'après des circonstances de l'attaque, la police pense que l'assaillant a pris la victime pour une femme et l'on se demande s'il ne s'agirait pas du même homme qui – il y a un quart de siècle – a été connu sous le nom du « Tueur de Kenbourne ». Une chasse à l'homme a été organisée dans le secteur. Jusque-là, sans succès. »

Arthur éteignit l'appareil. Il retourna dans la salle de bains et regarda dans le miroir le visage du Tueur de Kenbourne. Jamais dans le passé, quand il avait pensé à ce qu'il avait fait, il n'avait vraiment considéré que ce titre et ce rôle lui appartenaient. La télévision le lui avait appris, donc c'était vrai. Ces marques avaient été faites sur son visage, comme des stigmates, pour que tout le monde le sût. Se voir ainsi le faisait pleurer, aussi revint-il à la fenêtre où les rideaux le cachaient. Bien que l'on diffusât un vieux film de Fred Astaire et Ginger Rogers, la télévision resta fermée jusqu'au bulletin d'informations de cinq heures.

Un portrait robot apparut sur l'écran. Un visage froid et dur, très ridé et vicieux d'un homme âgé. Le sujet avait un bec de lièvre et un œil poché. Était-ce ainsi que lui, si soigné et si bel homme avait paru aux yeux du garçon, propriétaire de la Citroën?

Il se sentit faible et chancelant en voyant apparaître sur l'écran le garçon lui-même qui semblait le fixer dans ses propres yeux. Il porta la main dans ses longs cheveux trompeurs et déclara en souriant d'un air satisfait :

– Eh bien, je suppose que ce type m'a pris pour une fille parce que je suis mince et que j'ai les cheveux longs.

– Seriez-vous capable de l'identifier, Mr Harrison? demanda le journaliste qui l'interrogeait.

– Bien sûr. De toute façon, je lui ai un peu boxé le visage. N'importe qui serait capable de l'identifier, pas seulement moi.

L'inspecteur Glass apparut à son tour. Arthur frissonna parce que ses ennemis étaient maintenant rangés devant lui, grâce à cet appareil jusque-là si amical et pourvoyeur de tant d'heures satisfaisantes.

Les lèvres remuèrent, découvrant les longues dents.

– Vous pouvez tenir pour assuré que la police n'aura pas un instant de repos tant que cet homme ne sera pas mis hors d'état de nuire. Ce n'est qu'une question de temps. Mais j'aimerais dire au public que cet homme est dangereux. Si quelqu'un a le moindre soupçon sur son identité, il convient de se mettre immédiatement en rapport avec la police à ce numéro.

Le numéro de téléphone apparut en lettres blanches sur fond noir et la voix de l'inspecteur Glass se fit plus menaçante :

– A n'importe quelle heure du jour ou de la nuit, vous pouvez appeler ce numéro. Si vous hésitez, rappelez-vous que la prochaine fois, la victime pourrait être vous, votre femme, votre mère ou votre fille.

Le bruit d'un moteur attira Arthur à la fenêtre. Li-li Chan sortit de la maison avec deux valises pour monter dans un taxi. Ainsi s'en allait quelqu'un qui aurait pu reconnaître son visage et qui n'aurait pas hésité à le dénoncer.

La neige recommençait à tomber dans l'obscurité glacée. Il regarda le taxi s'éloigner.

Maintenant, il était seul dans la maison avec l'autre Johnson.

XXII

Le dimanche, Anthony ne se leva qu'à près de midi. Sa chambre était glacée et il dut se servir de lait en poudre dans son thé parce qu'il ne restait plus de lait frais. La neige n'avait pas tenu dans la cour et le triangle de ciel visible de sa fenêtre était d'un gris-jaune annonciateur de nouvelle chutes de neige.

Il faisait tellement sombre qu'il dut laisser la lampe allumée toute la journée. Il resta assis à sa table, relisant sa thèse, se demandant si elle était bonne. Malgré ses efforts de concentration, l'image d'Helen venait le hanter. Il se rappelait les conversations qu'ils avaient eues et trouvait de la duplicité dans des phrases qui, sur le moment, lui avaient paru parfaitement innocentes. Cette obsession l'empêchait de travailler. Il resta assis, fixant l'abat-jour translucide vert et jaune, hypnotisé par lui, sombrant dans une sorte d'apathie. Peu après cinq heures, quand il entendit Li-li s'en aller, il enfila son pardessus pour se rendre chez Winter.

Le barman de *Waterlily* était dans la boutique et discutait avec Winter des activités de la police la nuit précédente. Anthony avait oublié l'incident et en attendant d'être servi, il apprit la nature de ces recherches.

– Il s'agit d'un jeune gars de dix-neuf ans, étudiant

à l'université de Radclyffe. Personnellement je pense qu'en s'attifant comme des filles, ils cherchent bien ce qui leur arrive ! Mais celui-ci ne s'est pas laissé faire. Il a boxé l'autre type au visage et l'a mis dans un bel état. L'avez-vous vu à la télé ?

Le barman hocha la tête.

– C'est drôle, j'ai eu moi-même un œil au beurre noir la semaine dernière. J'ai attrapé ça au cours d'une séance de judo. Heureusement que c'est passé, autrement je n'oserais pas me montrer dans la rue !

– Bah ! Vous n'avez pas aussi la lèvre coupée ! C'est dommage, du reste, les clients du *Waterlily* auraient été bien surpris d'apprendre que le « Tueur de Kenbourne » leur servait leur bière tous les jours depuis si longtemps ! dit Winter en éclatant de rire. Il se tourna vers Anthony : que désirez-vous, Monsieur ?

– Un litre de lait, s'il vous plaît.

– Homogénéisé, frais ou longue conservation ?

Anthony prit du « longue conservation ». En fermant la porte, il les entendit faire une réflexion sur ses cheveux et la difficulté de reconnaître une fille d'un garçon. La neige, qui tombait plus fort quand il arriva dans Trinity Road, formait comme un second rideau devant les fenêtres d'Arthur Johnson derrière lesquelles il crut pourtant distinguer une ombre.

La chambre N° 2 s'était encore refroidie en son absence. Il brancha le radiateur et but un peu de lait directement à la bouteille. Le lait était si froid que ses dents se mirent à claquer. Se penchant sur le radiateur, il songea à Helen, telle qu'elle était en été, courant sur le quai au-devant de lui qui arrivait de York. En fermant les yeux, il crut sentir ses bras frais autour de son cou et son souffle sur ses lèvres. Alors, son cœur se serra.

Il s'allongea sur son lit, s'en voulant de sa faiblesse, se demandant comment il allait affronter le long hiver qui était encore devant lui avec Arthur Johnson pour seule compagnie.

En haut sur le premier palier, le téléphone se mit à sonner.

Arthur entendit le téléphone, mais il ne se dérangea pas. Les seules personnes susceptibles de recevoir des appels téléphoniques étaient parties. Il alla dans sa chambre regarder son visage. Impossible d'envisager d'aller travailler le lendemain. En bas, la sonnerie s'était arrêtée. Il regarda par la fenêtre dans la cour. La lumière était allumée dans la chambre N° 2. Arthur se demanda pourquoi le jeune homme n'avait pas répondu au téléphone.

Il avait beaucoup de provisions dans son réfrigérateur, y compris l'épaule de mouton du dimanche qu'il n'avait pas pu manger. Il avait suffisamment de nourriture pour plusieurs jours. Il réussit à avaler un morceau de pain beurré, puis il se regarda encore dans le miroir de la salle de bains. Tandis qu'il se demandait si une application de glace diminuerait l'enflure et si on le croirait s'il prétendait qu'il s'était coupé en se rasant, le téléphone se remit à sonner.

Il ouvrit la porte et sortit sur le palier. Obscurément, il avait l'impression que quel que fût l'interlocuteur, il valait mieux qu'il répondît lui-même.

Il décrocha et entendit la voix de Stanley Caspian.

– Est-ce vous, Arthur ? Il est temps ! Je vous ai déjà appelé il y a dix minutes !

La lumière s'alluma brusquement dans le hall. Couvrant sa bouche de sa main gauche, il dit d'une voix étouffée :

– C'est Mr Caspian qui m'appelle.

Anthony Johnson répondit « Très bien » et retourna dans sa chambre. Arthur aurait souhaité qu'il éteignît la lumière.

– Écoutez, Arthur, reprit Stanley, j'ai un gars qui va venir jeter un coup d'œil sur l'appartement demain vers cinq heures, pouvez-vous le recevoir ?

– Je ne suis pas bien, dit Arthur malade de frayeur, j'ai... une infection à virus. Je n'irai pas travailler et je ne peux faire visiter la maison. Je resterai au lit toute la journée.

– Bon sang ! Vous pouvez bien sortir de votre lit pour ouvrir la porte !

– Non, je ne peux pas. Je suis malade. Je devrais être couché en ce moment.

– Charmant ! Après tout ce que j'ai fait pour vous, Arthur, c'est un peu violent. Enfin, je suppose que je vais devoir fixer le rendez-vous un peu plus tôt et venir moi-même.

– Je suis désolé, mais je suis vraiment malade. Je retourne me coucher.

Stanley ne répondit pas, mais raccrocha avec brusquerie. Arthur regagna son appartement. La porte était poussée, au plus léger courant d'air, elle se serait refermée. Lui, qui ne négligeait jamais de telles précautions, avait oublié de bloquer le verrou afin de l'empêcher de se fermer. Il frissonna à l'idée de ce qui aurait pu arriver.

Il retourna à la salle de bains contempler son œil et sa lèvre. Des larmes de rage et d'impuissance se mirent à couler le long de ses joues.

La seconde fois où le téléphone avait sonné, Anthony s'était levé de son lit pour y répondre. Mais les espoirs qu'il avait nourris, contre toute raison, furent dissipés par la voix qui lui annonça en haut du palier :

– C'est Mr Caspian qui m'appelle.

Parce que cette voix lui parut étrange et changée, Anthony, qui autrement serait retourné dans sa chambre, regarda plus attentivement la silhouette qui se découpait en haut de l'escalier.

Arthur Johnson se couvrait la bouche de sa main gauche et il se détourna vivement en se cachant derrière l'appareil, mais pas assez rapidement pour qu'Anthony n'ait eu le temps de remarquer qu'un de ses yeux était gonflé et à demi fermé. La conversation se poursuivit un moment. Arthur Johnson protestait qu'il était malade, mais il parla d'une infection à virus et non d'une blessure faciale. Anthony referma sa porte et s'assit sur son lit. Une heure plus tôt il aurait donné beaucoup pour qu'un autre sujet de préoccupation vînt distraire ses pensées, mais *cela*? Désirait-il se mêler d'une histoire pareille et serait-il à la hauteur de la situation?

Une suite d'images lui revint en mémoire. Un homme évidemment nerveux, paranoïaque, refoulé, disant « Vous êtes « l'autre » Johnson, j'habite ici depuis vingt ans ! ». Dans le cave un mannequin en nylon avec une marque profonde autour du cou. Le feu qui brûlait ce mannequin, la nuit du cinq novembre... Anthony regarda vers l'autre fenêtre deux étages au-dessus. On ne voyait briller aucune lumière bien que cette fenêtre fût celle de la chambre d'Arthur Johnson. Il avait pourtant annoncé qu'il allait se mettre au lit. Peut-être était-il allongé dans l'obscurité? Anthony sortit dans la rue et leva la tête. Une lumière brillait derrière les rideaux de tulle et derrière ce fragile écran, une ombre bougeait.

Il retourna dans la maison et monta l'escalier. Il n'avait préparé aucune excuse pour venir sonner à la porte d'Arthur Johnson, mais les excuses étaient futiles et superflues. Une fois qu'il serait devant lui, il n'en aurait pas besoin. Il ne reçut aucune réponse, même quand il insista en frappant du poing contre la porte et cela lui en apprit autant que si le visage tuméfié s'était présenté devant lui. Poursuivre plus longtemps aurait été une cruauté à laquelle il se refusait car, dans le silence, il crut entendre une respiration contenue derrière la porte close.

Maintenant, il savait. Il aurait ri de lui si l'affaire n'avait été aussi sérieuse, car l'ironie du sort voulait que lui, qui écrivait une thèse sur la psychopathie, qui savait tout du comportement de ces malades, avait vécu ces trois derniers mois dans la même maison qu'un psychopathe et n'en avait rien su. Oh ! naturellement, il devait aller à la police. Mais savait-il vraiment? Certes, il en était sûr et certain. Quand on avait affirmé cela un jour devant Helen, elle avait fait remarquer que cette expression signifiait toujours que l'on n'était pas très sûr et pas du tout certain.

Il frissonna. Cette révélation était un choc. Il se mit à chercher dans ses livres, retrouvant Arthur Johnson ou des aspects de son comportement à travers les textes savants, confirmant ce qu'il savait déjà, que si l'on ne sait presque rien des causes de la psychopathie, on avait encore moins découvert les moyens d'y remédier. Il n'y avait que la prison à vie pour le fou-criminel ou l'internement à perpétuité pour l'irresponsable. Cependant, dès demain, il irait à la police.

Finalement, il se déshabilla et se mit au lit. Le triangle du ciel était d'un rouge pâle voilé de flocons de neige. Il lui fut impossible de dormir. Il se demandait si, couché dans son lit deux étages au-dessus, l' « autre » Johnson était, lui aussi, en proie à l'insomnie.

A huit heures et demie, le lendemain matin, Arthur téléphona au domicile de Mr Grainger pour lui dire qu'il ne pourrait venir travailler et devrait garder la chambre plusieurs jours. Pendant qu'il parlait, il entendit Anthony Johnson aller à la salle de bains, mais il ne vint pas au bas de l'escalier. Pourquoi était-il venu cogner à sa porte la nuit précédente ? Pour lui emprunter quelque chose ? Pour lui demander de la monnaie pour téléphoner ?

Ces coups frappés à sa porte l'avaient terrorisé, mais rien n'aurait pu le décider à laisser Anthony Johnson voir son visage. Pendant des heures, il était resté à faire le guet devant sa fenêtre, ne quittant son poste que pour se regarder dans la glace et pour écouter derrière la porte si le jeune homme ne téléphonait pas au commissariat ou s'il ne sortait pas pour aller chercher la police.

A minuit, rien ne s'étant produit, et la petite cour étant enfin dans l'obscurité, il s'était étendu sur son lit sans pouvoir trouver le sommeil.

La dernière des quatre conférences prononcées par un éminent criminologiste devait être donnée à l'université ce matin-là. Anthony avait assisté aux trois autres et avait été déçu de les trouver plus élémentaires qu'il ne l'avait espéré. Il prit des notes assez distraitement. Il était fatigué et mal à l'aise. Il hésitait encore à aller à la police, bien qu'il ait noté où se trouvait le commissariat le plus proche, étant passé devant sa porte, surmontée d'une lampe bleue, sur son chemin dans l'autobus K 12.

A une heure, il se rendit à la cantine, toujours indécis, le cœur soulevé de dégoût à l'idée de trahir un homme qui ne lui avait rien fait. Il discutait rarement avec les étudiants. La plupart étaient plus jeunes que lui et lui paraissaient n'être guère plus que des enfants. Mais une fille, qui était assise à côté de lui dans la salle de conférence, apporta son plateau à sa table et, désignant un garçon aux cheveux longs qui tenait une cour à l'autre extrémité de la salle, entouré d'auditeurs avides, elle déclara :

– C'est Philip Harrison.
– Qui est-ce?
– Le garçon qui a été attaqué dans le parking samedi soir.

Anthony ne le regarda pas. Il regarda les jeunes filles qui composaient son auditoire. L'une d'elle ressemblait à Helen. Si cette jeune fille s'était trouvée seule au parking l'autre soir, elle ne serait pas là à écouter ce bellâtre pérorer avec un plaisir évident. Elle serait morte.

Son devoir était d'aller à la police déclarer ce qu'il savait, le peu qu'il savait, aussi ténu que ce fût. Il repoussa son assiette. Il n'avait rien mangé. Une lourde fatigue pesait sur ses épaules et il ne désirait rien autant que pouvoir s'allonger et dormir.

Il se rappelait comment un jour d'été, Helen et lui s'étaient allongés dans un champ. Pendant une heure, il avait dormi avec les cheveux d'Helen contre sa joue, au milieu d'une odeur d'herbe remuée et de persil sauvage. Depuis lors, semblait-il, il n'avait jamais plus aussi bien dormi, mais l'été était passé et avec lui les douces heures de sommeil. Il prit sa veste et traversa le hall pour affronter la neige dehors.

Le poste de police ne devait pas être à plus de dix minutes de marche. Le campus était vide et nu comme si le froid avait chassé toute végétation et jusqu'aux pelouses bien tondues où les étudiants aimaient s'allonger. Il n'y avait personne sur tout le campus que lui et une jeune fille qu'il apercevait de loin, près des grilles d'entrée. Elle avançait dans sa direction sur l'allée couverte de graviers.

Il se mit à rassembler ses souvenirs sur ce qu'il savait et soupçonnait d'Arthur Johnson afin de présenter un rapport cohérent à la police, mais son attention était distraite par cette fille qui approchait. Il lui fallait vraiment perdre l'habitude de voir Helen dans toutes les femmes qu'il rencontrait. Certes, celle-ci avait sa démarche et tenait la tête de la même manière et maintenant qu'elle était plus près, il distinguait ses cheveux du même blond que ceux d'Helen. Il baissa la tête, refusant de contempler cette fille plus longtemps pour être déçu une nouvelle fois.

Mais en dépit de lui-même, il se rendit compte qu'elle aussi s'était arrêtée et qu'elle le regardait. Il avala sa salive et son cœur battit plus fort. Ils se regardèrent à travers l'espace vide et il la vit ouvrir les bras et courir vers lui en criant « Tony ! Tony ! »

Ses lèvres étaient froides sur les siennes, mais son corps était doux et chaud. En la serrant contre lui, il sut qu'il n'avait pas eu aussi chaud depuis des semaines.

Cette chaleur était délicieuse et la sensation de sa présence, mais il avait encore peur de la regarder.

– Helen, dit-il, est-ce vraiment toi ?

XXIII

Ils s'assirent sur un banc, indifférents au froid. Anthony tenait le visage d'Helen entre ses mains, réapprenant à la regarder. Il repoussa une boucle qui était tombée sur son front.

– Je n'y crois pas, dit-il, je ne peux vraiment pas y croire !

– Je sais. Je sens cela, moi aussi.

– Tu ne vas pas partir, n'est-ce pas? Je veux dire, tu n'es pas venue seulement quelques minutes entre deux trains.

– Je ne saurais pas où aller. J'ai brûlé mes vaisseaux, Tony. Allons manger, j'ai faim. Tu sais que j'ai toujours faim quand je suis heureuse !

Il y avait foule au *Grand Duc*. Ils allèrent dans un établissement plus modeste, mais propre et presque vide.

– Je ne sais pas si je dois m'asseoir en face ou à côté de toi. Dans le premier cas, je peux te regarder, dans l'autre, je peux te toucher.

– Regarde-moi, répondit-elle, j'ai besoin d'être regardée.

Elle s'assit et se pencha à travers la table pour lui prendre la main. Ils restèrent ainsi un moment, se regardant, les yeux dans les yeux, en silence.

– Tony, tout va bien, maintenant. Tout ira toujours

bien, mais pourquoi n'as-tu pas répondu à mes lettres?

– Parce que tu me l'as défendu. Tu m'as interdit de jamais plus t'écrire.

– Pas dans mes trois dernières lettres ! Je t'ai supplié de me répondre au musée, ne les as-tu pas reçues?

Il secoua la tête.

– Depuis fin octobre, je n'ai reçu qu'une seule lettre, celle où tu déclarais que tu ne voulais plus me revoir.

Elle se rejeta en arrière, retirant sa main.

– Je ne t'ai jamais écrit une chose pareille !

– Quelqu'un l'a fait à ta place. Roger ?

– Je l'ignore. Je ne crois pas... c'est possible après tout... mais je t'ai écrit que j'allais le quitter pour venir te rejoindre. J'attendais ta réponse. J'ai été malade de chagrin. Roger est parti en Écosse et j'ai attendu seule à la maison, nuit après nuit, espérant que tu me téléphonerai.

– Je t'ai appelé le dernier mercredi de novembre.

– J'étais partie chez ma mère parce que je ne supportais plus la solitude et rejoindre Roger en Écosse aurait été pire. Je pensais que je ne te reverrais jamais.

Exactement comme il avait cru l'avoir perdue à jamais. Pour le moment, il ne souhaitait pas résoudre le mystère qui lui semblait insignifiant comparé à la joie qu'il éprouvait.

– Helen, pourquoi es-tu là maintenant ?

– Mais tu le sais : je suis ici parce que tu m'as écrit !

– Cette lettre ? Cette lettre stupide...

– L'était-elle ? Je ne l'ai pas lue. Je sais seulement que dès la première ligne tu disais que tu m'aimais... alors, je me suis enfuie.

Elle se pencha au-dessus de la table pour lui tendre ses lèvres. La serveuse toussota discrètement et comme ils se séparaient, elle posa un plateau devant eux.

– J'étais allée travailler le lendemain de mon retour. Dès que je suis arrivée au bureau, le téléphone a sonné. C'était Roger. Une lettre était arrivée pour moi avec ton nom et ton adresse comme expéditeur. Il l'a ouverte.

– Mon nom et mon adresse sur l'enveloppe? Mais je...

Il expliqua qu'il avait expédié cette lettre sous double enveloppe à Mrs Pontifex.

– Oh! je vois! Je n'ai jamais eu l'intention de passer Noël chez elle cette année. Elle doit avoir ajouté ton nom et ton adresse avant de réexpédier ta lettre. Je n'en suis pas sûre car je n'ai pas vu cette lettre. J'étais sortie quand elle est arrivée. Roger était... fou de colère. Je l'ai déjà vu en colère, mais c'est la première fois qu'il m'a menacée de nous tuer, toi et moi. Je ne l'ai jamais vu dans un état pareil. Il m'a seulement lu la première ligne et a hurlé : c'est ton amant! » Il a ordonné : viens me rejoindre devant le musée. Si tu ne viens pas immédiatement, je monterai te chercher et je n'hésiterai pas à faire un éclat et à dénoncer publiquement la femme que tu es. »

Il a ajouté qu'il serait là en voiture dans cinq minutes. Je savais qu'il allait arriver et j'étais terrifiée à l'idée de ce qu'il allait faire. J'ai saisi mon manteau et mon sac et je me suis sauvée.

Une fois dans la rue, j'ai eu la chance de trouver un taxi qui passait. Je me suis fait conduire à la gare parce que tu étais à Londres et que tu m'aimais. Tu l'avais écrit, donc tout irait bien.

Je n'ai même pas acheté de billet. On annonçait le train de 9 h 51 pour Londres. J'ai sauté dedans. J'ai dû régler le trajet au contrôleur et cela m'a coûté tout l'argent que j'avais. Il ne me restait plus que cinq pence ! Je n'avais ni chéquier, ni cartes de crédit sur moi. Oh ! Tony, je viens à toi les mains nues, je ne possède que ce que j'ai sur moi !

En arrivant à Paddington, j'ai trouvé un autobus pour Kenbourne, mais je n'avais pas assez d'argent pour aller plus loin que Kensal Rise, alors j'ai marché le reste du chemin.

– Tu as *marché* de Kensal Rise jusqu'ici ?

Elle sourit :

– Dans le froid, la neige et sans un penny ! Il ne me manquait plus qu'un bébé dans les bras pour être la parfaite héroïne d'un mélodrame ! J'ai regardé mon chemin sur un plan de métro. J'allais me rendre à Trinity Road, quand j'ai pensé que tu étais peut-être ici, alors je suis venue et me voilà ! Es-tu heureux ?

Ses yeux étaient brillants et ses pupilles des miroirs dans lesquels il voyait se refléter son propre visage.

– Helen, j'ai cru mourir de chagrin et tu demandes si je suis heureux ?

– J'aurais seulement souhaité lire ta lettre. Je suppose que je ne la verrai jamais maintenant et je l'ai tant attendue ! Te rappelles-tu ce que tu m'as écrit ?

– Non. Mais je sais que c'étaient des folies. Seule, la première phrase comptait.

Elle soupira, mais c'était un soupir de bonheur.

– Tony, qu'allons-nous faire ? Où irons-nous ?

– Qu'importe ! Nous survivrons. Pour l'instant, nous allons nous rendre à Trinity Road.

En prononçant le mot, il sourit. Il était près de trois heures et il n'avait que trop attendu. Il écrasa la Philip Morris qu'il venait d'allumer et aida Helen à se lever.

– Viens, mon amour, nous allons à la maison, mais d'abord, j'ai une course à faire.

Derrière les rideaux, Arthur était resté assis toute la journée, interrompant sa garde toutes les demi-heures pour examiner son visage devant la glace. A trois heures, il vit la voiture de Stanley Caspian s'arrêter de l'autre côté de la rue. Un locataire éventuel venait visiter l'appartement et dans un moment, Stanley entrerait dans la maison. Arthur surveilla la voiture, mais ne vit que Stanley dedans, assis au volant. Il attendait peut-être le futur locataire. Il retourna dans la salle de bains. Dèjà le jour déclinait, si Stanley montait le voir, s'il devait lui montrer son visage, peut-être que dans la pénombre, il ne remarquerait pas ces marques affreuses.

Comme il sortait de la salle de bains, la sonnette retentit. Le son se répercuta dans tout son corps le faisant tressaillir. Il se sentait paralysé. Ce qui arrivait était évident : Stanley avait oublié ses clefs ! Qu'il aille donc chez lui les chercher ! La sonnette reprit, insistante et Arthur se représentait le visage tendu de Stanley tandis qu'il appuyait sur le bouton.

Il se força à revenir dans le living-room. La voiture de Stanley était vide. Il n'y avait aucune voiture de police, mais seulement la Jaguar, deux camionnettes et une décapotable grise. Une nouvelle fois la sonnerie retentit, longuement, impérieusement, le ramenant dans l'entrée. Impossible de lui résister. Mais il était censé être malade, il devait donner l'impression qu'il sortait de son lit.

Rapidement, fiévreusement, il retira sa veste et enfila sa robe de chambre, pendue derrière la porte de sa chambre. Un mouchoir sur son visage, il descendit l'escalier. La silhouette d'un homme corpulent se dessinait derrière les vitraux rouges et verts. Ce ne pouvait être que Stanley. Arthur se tint derrière la porte et entrouvrit l'huis. L'homme poussa le battant, entra, regarda à droite, puis à gauche où se tenait

Arthur et saisit la porte en la faisant claquer aussi fort que le faisait Jonathan Dean.

Il était jeune, brun et en proie à une émotion encore plus violente que la frayeur d'Arthur. Ce dernier ignorait d'où venait cette émotion, mais il savait qu'un policier ne se comporte jamais ainsi.

Le hall était plongé dans une demi obscurité. Il enleva le mouchoir de ses lèvres et recula de quelques pas.

– Votre nom est-il Johnson?

– Oui.

– A. Johnson?

Arthur acquiesça, intrigué car l'homme le dévisageait avec incrédulité.

– Non d'un chien ! Un vieux ! C'est incroyable ! Où est-elle?

Malgré le ton furieux et menaçant, Arthur se sentit soulagé. C'était encore un malentendu.

– Vous voulez voir l' « autre » Johnson, dit-il avec froideur. Asseyez-vous et attendez-le, si vous voulez, cela ne me regarde pas.

– L'autre Johnson? Vous ne m'abuserez pas ainsi ! Ses yeux se portèrent sur la robe de chambre d'Arthur et il serra les poings en criant : où est-elle?

Arthur lui tourna le dos et monta l'escalier. Il devait regagner son appartement au plus vite, s'enfermer et prier le ciel que Stanley arrivât bientôt pour mettre dehors cet olibrius avant qu'il n'attire la police.

Et soudain, redoutant ce qui avait pu arriver, il gravit les dernières marches en courant et poussa la porte. Un cri de terreur lui échappa. Il n'avait pas sa clef et la porte s'était refermée derrière lui !

Il se tint debout, tremblant, le dos contre la porte, ses mains cachant son visage blessé. Sur ce palier, quelle chance aurait-il de s'échapper quand Stanley entrerait avec le nouveau locataire alors qu'éclatait cette ridicule querelle entre Anthony Johnson et le mari de H. ? L'homme avait maintenant atteint le haut de l'escalier et lui faisait face. Sous ses yeux affolés, Arthur vit pointer le canon d'un pistolet – ou d'un revolver, il ignorait la différence, la télévision ne le lui ayant pas appris.

– Ouvrez cette porte !

– Je ne peux pas. Je n'ai pas la clef. Elle est restée à l'intérieur.

– Ma femme est là ! Ouvrez cette porte ou je fais sauter la serrure. Je vous donne trente secondes pour ouvrir !

La porte arrachée de ses gonds serait pire que cette porte fermée derrière lui. Arthur, qui s'était jeté de côté en voyant l'arme, porta les yeux sur le petit cercle de métal entourant le trou de la serrure, puis, avec plus de frayeur, sur le cylindre de métal pointé sur cette même serrure. Une voix aiguë comme celle d'une femme jaillit de sa gorge :

– Je ne veux pas, je vous dis que je ne veux pas. Allez-vous-en ! Partez, laissez-moi tranquille !

Et il se rabattit, bras étendus, contre la porte. Quelque chose le heurta violemment dans le dos sur le côté gauche. La douleur fulgurante était inimaginable. Il pensa que c'était son cœur, qu'il avait une crise cardiaque, car il ressentit la douleur bien avant d'entendre le coup de feu, suivi par le cri qu'il poussa et celui de l'homme hagard et terrifié. Arthur tomba en arrière. Ses mains se portèrent à son côté, une gorgée de sang sortit de sa bouche. Il roula lourdement dans l'escalier, le sang le recouvrant comme un long ruban rouge. L'élan le poussa contre la porte de Brian Kotowsky contre laquelle il rendit le dernier soupir.

1521 Le pasteur détective
1532 L'Analphabète
1563 L'enveloppe mauve
1582 Ces choses-là ne se font pas
1589 Etrange créature
1616 Reviens-moi
1629 La banque ferme à midi
1640 Un amour importun
1649 Le lac des ténèbres
1688 Le maître de la lande
1718 La fille qui venait de loin
1747 La fièvre dans le sang
1773 Qui ne tuerait le mandarin?
1815 Morts croisées
1951 Une amie qui vous veut du bien
1965 La danse de Salomé
1978 La police conduit le deuil
1989 La maison de la mort
2000 Le jeune homme et la mort
2015 Meurtre indexé
2036 Les désarrois du Professeur Sanders

RICE Craig

1835 Maman déteste la police
1862 Justus, Malone & Co
1899 Malone cherche le 114
1962 Malone met le nain au violon

RUTLEDGE Nancy

1830 La femme de César

SEELEY Mabel

1885 Il siffle dans l'ombre

SIMPSON Dorothy

1852 Feu le mari de madame

TEY Josephine

2094 Jeune et innocent
2137 En trompe l'œil

THOMSON June

1857 Finch se jette à l'eau
1948 Dans la plus stricte intimité
1995 Bouillon de minuit

UHNAK Dorothy

2093 Le Registre
2109 La main à l'appât

ULLMAN A. & FLETCHER L.

2075 Raccrochez, c'est une erreur

VARGAS Fred

1827 Les jeux de l'amour et de la mort
(Prix du Festival de Cognac 1986)

IMPRIMÉ EN FRANCE PAR BRODARD ET TAUPIN
Usine de La Flèche (Sarthe).
ISBN : 2 - 7024 - 2045 - 1
ISSN : 0297 - 7168

H 52/0180/1